彼女が先輩にN《ね》T《と》R《ら》れたので、
先輩の彼女をN《ね》T《と》R《り》ます
②

「お待たせ。……どこ見てるの？」

彼女が先輩にNTR《ねとら》れたので、
先輩の彼女をNTR《ねとり》ます2

震電みひろ

角川スニーカー文庫

23196

CONTENTS

口絵・本文イラスト／加川壱互　　口絵・本文デザイン／東原高明（LUCK'A Inc

Xデー翌日の一コマ

城都《じょうと》大学理工学部情報工学科の一年・一色優《いっしきゆう》は、生まれて初めて出来た彼女・蜜本《みつもと》カレンに浮気をされていた。

その相手は優の高校・大学の先輩であり同じサークルに所属する鴨倉哲也《かもくらてつや》。

しかしその鴨倉には、『真のミス城都大』と呼ばれる美しい恋人・桜島燈子《さくらじまとうこ》がいた。

そして燈子は、一色優にとって高校時代からの憧れの先輩でもあった。

浮気の事実を知った優は、自暴自棄となって燈子に『自分との浮気』を要求する。

だが燈子は「もっと効果的な報復を」と優に告げる。

その方法とは『相手を今まで以上に自分に惚《ほ》れさせ、その気持がピークに達した時に、サークル全員の前で振る』というものだった。

まず二人は浮気の十分な証拠を集める事に奔走する。

そして決定的な証拠を摑《つか》んだ優と燈子は、様々な計略を練り、クリスマス・イブの日を浮気カップル二人に復讐《ふくしゅう》するXデーと決めた。

そして迎えたXデー。場所はサークルのクリスマス・パーティの会場。

燈子と鴨倉がベスト・カップルに選ばれたその時に、燈子と優は「恋人と別れる」と宣言。

そして大勢の前で、鴨倉とカレンの浮気を暴露した。

逆上したカレンは暴言を吐いて会場を後にする。

一方、鴨倉は何とか燈子の気持ちを取り戻そうとし、そのために優を侮辱した。

それに怒った燈子は「今夜は一色優と一緒に過ごす」と宣言する。

呆然《ぼうぜん》とする鴨倉を残し、二人はベイサイド・エリアのホテルに向かった。

ホテルの一室に入った優と燈子。

いよいよこれからという時……

「ごめんなさい、やっぱり私は帰る」と告げる燈子。

呆気《あっけ》に取られる優に対し、

「私は今まで誰とも、肉体関係を持った事はない」

「結婚までは、そういう事はしない」

と告げて立ち去っていったのであった。

果たして一色優は逆NTR《ねとり》男になれるのか？

優の運命はいかに？

「……だから、変なナレーションをつけるのは止《や》めろって言ってんだろ！　それとなんだ、そのナレーション。元ネタがわかんねーよ」

妙な鼻歌で「むーむー」唄《うた》い出した石田《いしだ》に、俺は不機嫌な声で言った。

「あれ、わかんないか？　自分ではけっこう上手《うま》く似せたと思ったんだけど」

石田は有名な「Ｂａｎｋｅｒのドラマ」の名前を挙げた。

「他に『仮●ライダー』バージョンと『平家物語』バージョンもあるけど聞くか？」

「だから要らねーって言ってんだろ」

本気で嫌がる俺を面白そうに見ていた石田だが、やがて呆《あき》れたような顔を作った。

「でもさすがに今回は言われても仕方ないだろ、優。だってアソコまで計画通りに行ったんだぜ？　それでこの結末か？　聞いているコッチが悲しくなるよ」

そう言って石田は「ず、ずー」と音を立ててコーヒーを啜《すす》った。

ここは俺と石田がよく利用する国道一四号沿いのファミリーレストランだ。

Ｘデー＝クリスマス・パーティの翌日、一人でホテルに一泊した俺は、朝十時のチェックアウト時間を待たずにホテルを出た。

そこに早速「昨晩、どうだった？」と、石田が興味津々でメッセージを送ってきたのだ。

そうして俺は、昼食を兼ねて石田と一緒にこうしている訳だ。

「せっかく念願叶《かな》って、鴨倉先輩とカレンちゃんに報復が出来たんだろ。その上で燈子先輩自身の口から『今夜は一色君と一緒に過ごす』って言わせてホテルまで行ったんだ。そこまで最高に期待通りの筋書きで進んだのに『結婚するまでHはしません』って言われて、そのまま帰しただって？　オマエ、高校生のチェリーボーイだって、もっと積極的に行くぞ」

石田はそう言いながら、コーヒカップ越しに上目遣いで俺を見た。

「そんな簡単に言ってくれるな。石田はあの場にいなかったから、そんな事が言えるんだ。燈子先輩に『Hは結婚までしません！』って断言されてみろ！　オマエだって絶対に何も出来なかったさ」

あそこで強引に迫ったら、燈子先輩との『今後の関係』さえ完全消滅しかねない。

そもそも俺たちは『今後どうするか』という話さえ、していないのだ。

石田はタメ息をつきながら、コーヒーカップをテーブルに戻した。

「確かにな。あの百戦錬磨の鴨倉先輩でさえ、手を出せなかったくらいだからな。『非童貞一年生』の優にどうにかできる訳ないいか」

俺はそれに答えなかった。

言われるまでもなくその通りだ。

あの『スーパー自信過剰・イケメン・陽キャ・チャラ男、鴨倉哲也』でさえ、歯が立たずに操られた『鉄の処女』だ。

俺ごときにどうにか出来る訳がない。

さらに石田の言葉は続いた。

「にしても考えてみると、鴨倉先輩も気の毒だよなぁ。高校時代からアタックし続けた彼女には、何にもできないままフラれたのか。しかも後輩に最愛の女性を奪われたと思って……」

それは俺も少し思う。

鴨倉の浮気相手がカレンでなければ、俺もきっと同情していただろう。

石田はシートの背もたれに寄りかかるようにして、天井を仰ぎ見た。

「そりゃ『結婚するまでHなんてしません！』って彼女に拒絶されたら、ちょっと可愛《かわい》い子に言い寄られれば、浮気もしちゃうだろうな」

石田はそう言った後ですぐに「ま、あの人はヤリ過ぎだけど」と自分で言葉を付け加えた。

「あの後、鴨倉先輩はどうなったんだ？」

俺と燈子先輩は『絶縁宣言』してそのままパーティから抜け出したから、その後の事は解《わか》らない。石田は知っているはずだ。

「さすがにかなり落ち込んでいたよ。中崎《なかざき》さんが外に連れ出して説教したらしいが。半分、泣いていたみたいだ。あんな鴨倉先輩、初めて見たよ」

俺は胸の中がチクッと痛んだ。

とは言っても、俺も燈子先輩には何もしていないんだから、罪悪感を感じる必要はないのだが。

「それで優、オマエはこれからどうする気なんだ？」

石田はシートから身体《からだ》を起こして、そう聞いて来た。

「何がだ？」

「燈子先輩との事だよ。今のオマエが燈子先輩にゾッコンで惚れているのは俺にもよく解る。それでこの先、燈子先輩と付き合おうと考えているのか？」

そう突っ込まれて、俺は少したじろいだ。

「そりゃまぁ、そうなればいいだろうけど……でも燈子先輩の気持ちもあるし、今の所は、まだ……」

語尾を濁した俺に対し、石田は考え込むように腕を組んだ。

「確かに一瞬とは言え『そういう関係』になりそうな所まで行ったんだから、可能性はゼロって訳じゃないんだろうが……優は大丈夫なのか？」

「何がだ？」

俺は石田の問いかけの意味が解らなかった。

「だって燈子先輩と付き合っても、結婚するまで何も出来ないんだろ？　そうなったら次はオマエが鴨倉先輩の立場になるんだぞ。他の女に目移りしないでいられるか、って事だよ」

俺はムッとして石田を見つめた。

「なに言ってんだよ。当たり前だろ。俺は浮気なんて絶対にしないよ！」

「本当か？　オマエ、結婚するまで後何年あるんだ？　大学を卒業するまで三年あまり。院に行けばプラス二年。就職したってすぐには結婚なんて出来ないぞ。おそらくこのまま二人の交際が続いたとしても、結婚するまで七年くらいはかかるだろう。それまでずっとお互い『清い交際』だけを続けていくつもりか？」

七年……そう言われると、少しだけ気持ちが揺らぐ気がした。

改めて考えてみると、かなりの長さだ。七年前の俺はランドセルを背負《しょ》っていたしな。

沈黙する俺に、石田がさらに追い討ちをかける。

「俺たち、まだ十九歳だぞ。これからやってくる二十代前半が一番、異性に対する欲求も強くなる年齢だろ？　その間、ずっと『燈子先輩の極上ボディ』を横に見ながら、『お預け』状態で待たないとならないんだぜ。しかもそれだけ我慢し続けても、本当に燈子先輩と結婚できるかどうかなんて解らない訳だよな？」

「それは仕方ないだろ。そうしないと燈子先輩と付き合えないとしたら。それに俺まで鴨倉先輩みたいに裏切るなんて、そんなマネできるかよ。燈子先輩は今まで俺を励ましてくれて、そのおかげでここまで来れたんだから」

だが俺の言葉は、石田の口調に比べて弱々しい気がした。

石田は再びシートの背もたれに体重を預ける。

「俺なら絶対にゴメンだね。何年もセカンド童貞で我慢して、さらに燈子先輩と結ばれるかどうかも解らないくらいなら、普通の女の子と週一でH出来る方がいいよ」

俺は石田のその言葉には反論せず、無言でコーヒーを口にした。

「ちなみにこれから燈子先輩には、どうアプローチをしていくつもりなんだ？」

石田のその問いに、再び俺は言葉に詰まる。

燈子先輩からは『今後も連絡していい』という答えは貰《もら》ったが……それだけで具体的な約束は何もない。

あの言葉だってただの社交辞令かもしれない。

「……今は何も考えてないよ」

「冬休み中は会わないのか？」

今日から年明けの一月四日まで大学は冬休みだ。

「実はさっきメッセージで冬休みの予定を聞いたんだ」

俺は力ない声で言った。

「ほう、それで?」

「冬休み中は会えそうもないらしい。燈子先輩は年末から年明けにかけて、家族でハワイに行くそうだ」

……お互い、相手がいない寂しい者同士だし。また連絡して、一色君……

昨夜、最後にそう言った彼女の声が改めて蘇《よみがえ》った。

「ハァ〜、最大のチャンスの後にそんな状況か? 前途多難だな、これは」

石田までがガックリしたように言った。

「燈子先輩の家は、毎年正月は家族でハワイで過ごすのが恒例になっているんだってさ」

「金持ちなんだな、燈子先輩の家は」

「両親とも医者だしな。家も立派だったよ」

なんとなくトーンダウンした雰囲気を払拭するように、石田が明るい声で言った。

「まぁいいじゃないか。今年の正月も一緒に遊ぼうぜ! 去年は受験前に二人で初詣に行ったじゃん。今年も行こうぜ!」

「二年続けて、男同士で初詣か?」

俺は苦笑しながらも、石田の気遣いに感謝した。

「なんだよ、不満か? でも俺はさぁ、優がカレンちゃんと付き合っていて『今年はクリスマスも正月もバレンタインも、俺だけ一人か』って虚《むな》しく感じていたんだぜ。だから逆にこうなって俺としては有難いよ」
石田はワザと意地悪い笑みを顔に浮かべた。
こうして恩を着せずに暗い気分を払拭してくれるのが、石田のいい所だ。
「ウッセー！　人の不幸を喜ぶんじゃねー！」
俺も笑いながらそう返した。
まぁ、こういう方が俺たちには合っているのかもしれない。

二　初詣

年が明けて一月三日。

家で親と顔を突き合わせてテレビを見ているのも、いい加減に飽きて来る。

だからと言って部屋に引きこもってゲームをしているのも退屈だ。

そんな訳で結局俺は、去年と変わらず石田《いしだ》と一緒に初詣に行く事になった。


＞（石田）今年の初詣はどこに行く？

そんなSNSのメッセージが来たのは元日早々だった。アイツもヒマなんだな。

＞（優《ゆう》）去年は合格祈願で明治神宮に行ったんだよな。

＞（石田）アレは激混みだったなぁ。マジで参った。

＞（優）そうだな。東京まで出て、あの人ごみは頂けないな。

＞（石田）おまけにカップルが多いしさ。彼女と別れたばかりの優にはキツイものがあるんじゃないか？w
「こいつ、何が『w』だ」と思いつつも俺はつい苦笑した。

＞（優）彼女がいなくて寂しいのはオマエも一緒だろ。まぁいいや。今年は別の所にするか。

確かに今の心理状態で、周囲をイチャイチャ・カップルに囲まれるのは面白くない。

＞（石田）例えば？

＞（優）稲毛《いなげ》の浅間《せんげん》神社とか、船橋《ふなばし》の大神宮《だいじんぐう》とかは？

＞（石田）あんまり近い場所で、中高の連中に会うのもちょっとなぁ。それと浅間神社は親が行くんだよ。違う場所がいい。

＞（優）面倒なヤツだな。ならどこがいいんだよ。

＞（石田）成田山《なりたさん》とかどうだ？　適度に俺たちの家からは離れているし、明治神宮ほどは混んでないだろ。

う～ん、成田山もけっこう混んでいると思うけどな。

俺からすぐに返信がない事を『暗黙の反対』と受け取ったのか、石田がさらにメッセージを送って来た。

＞（石田）逆にあんまり人がいないのも、初詣って感じがしないだろ。それと成田山の周辺には老舗のウナギ屋とかがあるんだよ。一度食いに行ってみたいと思っていたんだ。

＞（優）わかった。成田山にしよう。いつ行く？

＞（石田）三日でどうだ？　午前十一時に京成幕張《けいせいまくはり》駅の前に集合とか。正月の成田山は駐車場がどこも満車で車を止める所が無いらしいから、電車で行こう。

＞（優）了解。それじゃあ明後日《あさって》な。


こうして俺たちは、今年も男二人で初詣に行く事になったのだ。

午前十一時、まだ空気が冷たい中で京成幕張駅の前で待つ。

幕張からならJRを使うより、京成で津田沼《つだぬま》に出て成田に行った方が早いからだ。

石田はまだ来ていなかった。

周囲には、やはりこれから初詣に向かうのか着飾った女の子が多くいる。

中には着物を着ている娘《こ》もいた。

……燈子《とうこ》先輩、今頃はハワイか……

俺はボンヤリとそんな事を考え始めていた。

……お互い、相手がいない寂しい者同士だし。また連絡して、一色《いっしき》君……

この冬休みの間に、何度も思い出された燈子先輩の言葉。

Xデー……あのクリスマス・イブの夜、「これからも時々会って話をしたい」と言った俺に、彼女はそう答えてくれた。

だが十二月二四日の夜以来、一度も会っていない。

……燈子先輩の水着姿、どんなだろう。きっとスゴイんだろうな……

俺は無意識に、常夏のビーチをバックにビキニ姿で立っている燈子先輩を想像していた。

あの完璧なまでのスタイルが海から上がって雫《しずく》を纏《まと》い、長い黒髪をハワイの風になびかせて……

どんな男でも彼女の姿を見かけたら声をかけたくなるに違いない。

俺の妄想はさらに続いた。

燈子先輩を目にした金髪外人男が声をかける。

リゾートの解放感と雰囲気に流された燈子先輩も、それににこやかな返事を返した。

すると調子に乗った金髪外人男は馴《な》れ馴れしく、燈子先輩の肩に手を回して……

……いやいや、燈子先輩に限ってそんな！　外人チャラ男の誘いに乗るなんて……！

「ワリィ、優。待たせたな」

あまり周囲を気にしない、そのデカイ声で俺は我に返った。

振り返るまでもなく石田だ。

「別にそれほど待って……」

返答をした俺の言葉は、そこで止まった。

なぜなら石田の背後には女の子がいたからだ。

派手さはないが、人目を引く可愛《かわい》らしい女の子だ。

　俺の視線に気が付いたのか、石田が後ろを振り返るようにして説明した。

「今日はさ、ウチの親も地元の人と稲毛浅間神社に初詣に行くって言っててさ。それで妹だけ家に残しておくのも可哀《かわい》そうだったし、『一緒に行くか？』って聞いたら『行く』って言うから連れて来たんだ」

　そう、後ろにいたのは石田の妹・明華《めいか》ちゃんだ。

　学年は俺たちより二つ下だから、今は高校二年生になる。

　彼女が通っているのは、俺たちの母校とは違って私立の市川《いちかわ》女子学院だ。

　身長は女子の平均よりちょっと小さめだろうか。

　明華ちゃんは見た目は大人しい印象だが、実は陸上部で活躍する活発な女の子らしい。

　石田にはけっこうキツイ態度を取るというが、俺の前ではいつも可憐《かれん》で可愛らしい女の子だ。

　兄妹《きょうだい》のいない俺から見ると『理想の妹』に思える。

「あけましておめでとうございます。優さん」

　彼女は少し恥ずかしそうにしながら、ペコリと頭を下げた。

「あけましておめでとう」

　俺も新年の挨拶を返すと、改めて彼女を見た。

　明華ちゃん。こうして間近に見るのは、一年ぶりだろうか？

大学に合格したすぐ後くらいに、やはり石田が「昼飯を食おう」と言って明華ちゃんも連れて来た事があった。

顔を合わせるのはそれ以来だが、この一年で随分と可愛くなったものだ。

昔から彼女は、ゴツイ石田とは違って可愛らしい顔立ちをしていたが、それに女らしさが加わったようだ。

「すまんな、事前に優に言わなくて」

俺の表情を見た石田が、なぜかバツの悪そうな顔をした。

「いや、別に構わないよ。明華ちゃんとは初めて会う訳じゃないんだし」

俺、そんなに嫌そうな顔をしたのだろうか？

自分ではそんなつもりは無いんだが。

明華ちゃんに気を使わせては悪いので、笑顔で話しかける。

「明華ちゃんに会うのは久しぶりだよね。約一年ってところかな？」

「ハイ、最後に会ったのは去年の二月ですから、本当に久しぶりです。今日はよろしくお願いします」

一年ぶりに顔を合わせたせいか、まだ少し照れくさいのだろう。

ちょっと恥じらった感じでそう答えた。

「こちらこそヨロシク」

俺がそう答えると、石田がホッとしたような顔をして、

「さ、それじゃあ成田山に初詣に行くか！」

と元気良く声をかけてきた。


成田山に行くための京成電車は、「クソ」が付くほど混んでいた。

こんな満員電車は久しぶりだ。

「やっぱり車で行った方が良かったかな」と石田が呟《つぶや》く。

「車は車で道路が混んでいただろう。それに駐車場はどこも満車って言っていたじゃないか」

「まあな」

俺は明華ちゃんの方を見た。

「明華ちゃんは大丈夫？　苦しくないか？」

身長があまり高くない明華ちゃんは満員電車の人ごみに押し潰されて、呼吸が苦しいんじゃないかと心配したのだ。

「平気です。通学でも慣れていますから」

明華ちゃんは笑顔でそう答えた。

「息苦しいようだったら言ってね。別に急ぐ訳じゃないし、途中で降りて休憩してもいい

んだから」

俺がそう言うと明華ちゃんは「ありがとうございます」と小さな声で言った。

なんだろう。今日の明華ちゃんは、少し元気がないような気がする。

いや、元気がないというのとはちょっと違うか。駅で会った時も笑顔ではあったし。

中学時代の彼女は、もっと活発な女の子だったと記憶しているが？

今日は少しモジモジしているというか、何か違う感じがする。

……まぁ明華ちゃんも、もう女子高生だしな。昔とは違って当然か。


京成成田駅に到着した。

やっとこの混雑から解放される……

そう思ったのも束《つか》の間《ま》、成田山の参道も人でごった返していた。

そして参道に沿って人の行列が出来ている。

「うわっ、こんなに並んでいるのかよ」

そう言った石田に俺は笑いながら言った。

「これでも去年の明治神宮よりはマシだろ。まだ参道は人が通れるし」

「そうだけどな。でもこの寒空の下でじっと待っているのは、どうもなぁ」

俺は明華ちゃんに目を向けた。

「明華ちゃんはどう？　寒くない？」

俺が問いかけると彼女は顔を上げたので、近い距離で目が合う。

すると彼女は慌てたように視線を逸《そ》らし、先ほどと同じく「平気です」と小さく答えた。

山門の前ではお菓子に蟻《あり》がたかるように、人が密集していた。

集まっていた人の群れは一本の列となり、巨大なムカデのように山門を通っていく。

門をくぐってすぐの場所には、両側に土産物屋が立ち並んでいた。

そこを通り抜けると、池をまたぐアーチ状の橋を渡り、さらに急な石段を登る事になる。

成田山の本堂は小高い丘の上にあり、そこに至る道は狭い上に階段はけっこう急だ。

「あっ」

石段で明華ちゃんが小さな声を上げた。彼女の身体《からだ》が傾く。

俺は素早く手を伸ばした。

彼女も俺の腕を反射的につかんでいた。

どうやら周囲の人に押されたか、コートの裾でも踏まれたのだろう。

「あ、ありがとう」

明華ちゃんは恥ずかしそうに目を伏せて言った。

「階段が急な上に、かなり混雑しているからね。仕方ないよ」

そう言って俺は石段の上方を見上げる。

石田のヤツ、自分はさっさと登っていきやがった。

……アイツ、自分の妹を放っておいて……

ちょっとムッと来た。兄はもっと妹を気遣ってやるもんじゃないのか？

そう思っている間にも、後ろから人の列が前へ前へと圧力を掛けて来る。

「ここは危ないから、俺の腕に摑《つか》まっていなよ」

俺がそう言うと明華ちゃんは「はい」と言って、両手で俺の腕をしがみつくように摑んだ。

そんな彼女の様子が可愛い。俺も一時のお兄さん気分だ。

「足元に気を付けてね」

俺はそう言って、明華ちゃんに腕を摑ませたまま石段を登って行った。

やっと本堂のある頂上にたどり着く。

道の両側に玉砂利が敷かれており、右手には三重塔がある。正面が本堂だ。

ここはそれなりの広さがあるが、やはり一面、人の海だ。

俺は辺りを見回した。

石田の姿は見えない。

背伸びしてさらに周囲を探す。それでも石田の姿は見当たらなかった。

アイツ、どこに行ったんだ？

「こんな所で立ち止まらないで、さっさと進めよ！」

後ろにいた初老の男性が不機嫌そうに言い、俺の背中を小突いた。

仕方が無い。

「明華ちゃん、とりあえずお参りだけ済ませて、人ごみの外から石田を探そう。俺から離れないようにして」

俺がそう言うと、明華ちゃんは今まで以上に強く、俺の腕にしがみついた。

人の流れに従って本堂前まで行く。

だが賽銭箱《さいせんばこ》の前までは行けない。巨大な賽銭箱の前には人が何重にも列を作っており、そこにたどり着く前に左右の出口に押し出される感じだ。

仕方が無いので、前の人越しにお賽銭を投げる。

そうして手を合わせてお祈りをする。

……どうか燈子先輩と、この先うまく行きますように……

新年早々の初詣のお祈りにしては少し不埒《ふらち》な気もするけど、今の俺にはそれが一番の願いだ。

横を見ると明華ちゃんが俺の腕に自分の腕を絡ませて、一緒にお祈りをしている。

傍目《はため》には、きっと恋人同士に見えるだろう。

……こんなに大勢の人がお祈りしてる上、明華ちゃんとこんな感じじゃ「燈子先輩との仲」を祈ってもご利益は無いかもな……

俺は若干そう思ったが、この混雑で彼女の腕を振りほどく訳にもいかない。

明華ちゃんは何をお祈りしているのか、ずいぶんと長い間、手を合わせたままでいた。


成田山の本堂がある場所からは、背後にある成田山公園を通って平和の大塔を回る遊歩道が繋《つな》がっている。

そっちに行く人もけっこう多い。

だけどこの寒い中、わざわざ公園を散歩する気にはなれない。

明華ちゃんも一緒だから、酔っ払いとか変なヤツがいたら危険だしな。

……それにしても石田のヤツ、どこに行ったんだ……？

俺は周囲を見回した。人が多すぎて解《わか》らないが、目の届く範囲に石田らしい姿はない。

アイツらしくないな、と俺は思った。

石田は無神経な所はあるが、こんな風に人と一緒にいて、自分だけ勝手な行動をするヤツじゃないんだが。

アイツも俺たちを見失って、先に山門まで降りたのだろうか？

成田山は本堂から山門まで、左右二つの降りるルートがある。

石田がどっちに行ったかは不明だが、山門は一つなので下の方が見つけやすいだろう。

「明華ちゃん。ここでは人が多すぎて石田を見つけるのは難しい。下まで降りて山門の前で石田を待とう」

俺がそう言うと明華ちゃんは黙って頷《うなず》いた。

俺はスマホを取り出し、石田に「下の山門前の土産物屋がある辺りで待っている」とメッセージを送った。

俺たちは本堂から見て左側、三重塔の方から修法道場横の細い石段を通って、土産物屋のある山門前まで降りた。

スマホを見てみるが、俺のメッセージに「既読」が付かない。

すると明華ちゃんは自分のスマホを取り出し「来てない？」

「明華ちゃんの方には、石田から連絡が来てないです」と答えた。

周囲に土産物屋が並ぶ中で、俺と明華ちゃんは無言で突っ立っていた。

何気なく俺が明華ちゃんに目を向けると、彼女は慌てて顔を逸らす。

何だろう、やはり今日の明華ちゃんはちょっと変だ。

何か俺に言いたげな感じがする。

それにしても今日は冷える。寒くてじっとしていられない。

無意識に身体を動かしてしまう。

ふと目をやると、近くの土産物屋に『甘酒あります』という張り紙が見えた。

「明華ちゃん、寒いからさ、甘酒でも飲もうか？」

明華ちゃんが「えっ」と言うような顔で俺を見上げる。

「あの甘酒はアルコールが入ってないと思うから、俺たちが飲んでも大丈夫だよ」

俺はそう言うと土産物屋に入り、「甘酒を二つ下さい」と注文した。

店にいたおばさんがお玉で鍋から紙コップに甘酒を注《そそ》いでくれる。

俺は受け取った甘酒を両手に持ち、一つを明華ちゃんに渡した。

「ありがとう」

そう言った彼女は、紙コップを両手で持ち「ふ〜、ふ〜」と息を吹きかけながら甘酒に口をつけた。

色白の彼女の頬《ほお》が寒さでピンク色に染まり、顎までマフラーに埋まったその姿は、女子高生らしくてとても可愛らしい。

……妹って、もしいたら、きっとこんな感じなんだろうな……

俺はそんな彼女を微笑《ほほえ》ましく見ていた。

「にしても石田のヤツ、本当にどこに行ったんだ？」

俺はそう独り言を言うと、明華ちゃんの方を見た。

「ごめんな。こんな風に俺たちと初詣に来ても、明華ちゃんはつまらなかったよな」

何の気なしに俺はそう言ったのだが……

「いえ」明華ちゃんは小さい声ながらも、ハッキリと答えた。

「今日は優さんと一緒に来れて、良かったです」

「俺も久しぶりに明華ちゃんと会えて良かったよ」

そう笑顔で答えた。まぁ半分は社交辞令だったが。

「本当ですか!?」

思った以上に彼女は弾んだ声を出した。

「本当だよ。明華ちゃんもこの一年ですいぶん変わったし」

「私、どんな風に変わりました？」

「そうだね。やっぱり女子高生らしくなったっていうか、女らしくなったね。駅で会った時も一瞬『アレ？』ってなったよ」

「優さんにそう言って貰《もら》えるなんて……とっても嬉《うれ》しいです」

明華ちゃんははにかむように笑うと、甘酒のコップで口元を隠した。

こうして二人で話していて、彼女もだいぶ気分がほぐれて来たようだ。

しばらくの間の後、明華ちゃんは俺の様子を窺《うかが》い見て口を開いた。

「私、優さんにお願いしたい事があるんです。聞いてもらえますか？」

「ん、何かな？　俺に出来る事なら」

明華ちゃんは一瞬なにかを飲み込んだような顔をした後、それを思い切って吐き出すように言った。

「私に勉強を教えて貰えませんか⁉」

「勉強？　俺に勉強を教えて欲しいの？」

少し意外だ。俺は私立の理工学部に通っているから当然勉強は理数系しか解らない。

明華ちゃんはてっきり文系の大学に進学するものと思っていた。

「ハイッ、私、数学とか物理とか化学とか全然わからなくって……このままだと赤点を取りそうなんです！」

明華ちゃんが会った時からモジモジしていたのは、これを俺に頼みたかったからなのか。

「それくらい別にいいけど……でも俺も石田も成績は同じくらいだよ。石田に教わった方がいいんじゃないの？」

何しろ石田はアニキだ。同じ家にいるんだから、解らない所があればすぐに聞く事ができる。レスポンスの早さを考えれば、石田の方がいいと思うのだが。

だが明華ちゃんはブンブンと強く頭を左右に振った。

「お兄ちゃんはダメです。教え方ヘタだし、ちっとも丁寧に教えてくれないし。すぐに『こんなの出来ないのか』とか言ってバカにするし」

そうなのか？　石田はけっこう妹思いだと思うけどな。

俺は一人っ子だから解らないけど、兄妹《きょうだい》で勉強を教えるってけっこう難しいのかもしれない。

そんな事を考えていたら、明華ちゃんが不安そうな顔をして俺を見た。

「迷惑ですか？　前に優さんに数学を教えて貰った時、すごく丁寧で解りやすかったから『勉強を見てもらうなら優さんに』って思っていたんですけど……」

彼女にそんな顔をされたら、断る事なんて出来ない。

それに俺は明華ちゃんに勉強を教える事は嫌ではない。

俺から見て、明華ちゃんは理想の妹だ。

「迷惑なんて、そんな事ないよ。俺で役に立つなら協力するよ」

「ホントですか？　やった！　嬉しい！」

明華ちゃんは両手を胸の前で組んで満面の笑みを浮かべた。

……こういう所が女の子らしくて可愛《かわい》いんだよな……

「優さんって、ホントに優しいですよね」

「そうかな？　別に普通だと思うけど」

「優しいですよ、絶対！　優さんは普段から相手を思いやる事が出来る人です」

そう言った後、彼女は下を向いた。

「でも優さんの彼女さんは、優さんに酷《ひど》い事をしたんですよね？」

「えっ？」

「お兄ちゃんが電話しているのを聞いちゃいました。悪いとは思ったけど、あんまりな話なんで、つい……」

そうだ、明華ちゃんはカレンの浮気の件を知っているのだ。以前に石田もそう言っていた。

「優さんを騙《だま》して、裏で他の男の人と浮気していたなんて……許せない」

明華ちゃんが悔しそうな顔をした。まるで自分が浮気されたかのようだ。

「心配してくれるのは嬉しいけど……でも明華ちゃんまで怒る必要はないだろう」

「だって許せないですよ！　優さんが優しいのにつけこんで、そんな事をするなんて……酷すぎます！」

「そんな女を彼女に選んじゃった俺も悪いんだろうけどね」

「そんな事ないです！　優さんはちっとも悪くないです！」

明華ちゃんはやけにハッキリと言い切った。

「そんな女、私の前にいたら優さんの代わりに引《ひ》っ叩《ぱた》いてやります！」

そう言いながら、右手で平手打ちの仕草をする。

俺はちょっと驚いた。まぁ確かに元々の明華ちゃんは、けっこう活発な子だったけど。

「ハハ、ありがとう」

「でもその人とは、もう別れたんですよね」

「クリスマス・イブの日にね。さっきの明華ちゃんじゃないけど、俺も『どうしても許せない』って気持ちになっていたからね。キッチリと借りは返したよ」

俺はXデーの時の、カレンと鴨倉《かもくら》の顔を思い出しながら答えた。

「その時に一緒に仕返しをしたのが、桜島《さくらじま》燈子さんなんですよね？」

えっ……？　思わず俺は明華ちゃんを振り向いた。

「燈子先輩を知っているの？」

明華ちゃんは下を向いたまま、コクリと首を縦に振った。

「ハイ、名前だけですけど。でもとってもキレイな人だって」

俺は意外に思った。

「でも明華ちゃんとはすれ違いのはずだよね。中学では明華ちゃんが入った時は燈子先輩は卒業していたし、高校はそもそも違うし」

確かに石田は、燈子先輩と同じ中学の出身だ。当然、明華ちゃんも同じ中学だ。

「そうですけど、中学ではちょうど入れ替わりでしたから。それで上の学年の先輩たちが何度か『桜島燈子』の名前を口にしているのを聞きました」

「そうなんだ」

中学時代から燈子先輩は地元で有名な美人だったらしいからな。噂《うわさ》くらい耳にしていてもおかしくない。

「それで優さんは、今度は燈子さんと付き合うつもりなんですか？」

そう言った後、彼女が小さく「キュッ」と下唇を嚙《か》むのが見えた。

「それは解らないよ。いくら俺が『付き合いたい』って思っても、燈子先輩の気持ちもあるからね。そこまではまだ考えていないかな」

正直な気持ちを俺は口にした。

そりゃ燈子先輩が付き合ってくれるって言うなら、喜んでそうして貰いたい。

だがあの燈子先輩が、そんなにすぐに俺に乗り換えるとは思えない。

俺もこれから先、燈子先輩にどう接して行けばいいのか分からないのだ。

「それなら優さんは、今はフリーなんですよね？」

「残念ながらね。だから今日もこうして石田と初詣に来る事になったんだけど」

俺は苦笑いしながら答えた。

「すぅ〜」と明華ちゃんが大きく息を吸い込むのが聞こえた。

見ると、明華ちゃんがコートの裾を両手で強く握っている。

「じゃあ……これから時々、私と一緒に遊びに行きませんか……？」

「え？」

「い、いや、だって、ホラ、優さんはこの先の春休みとかもヒマになるんですよね？　私も受験前で遊びに行ける最後のチャンスだし。だけど女子校なんで一緒に出掛ける機会は無いから……優さんが一緒だったら安心かなって……」

明華ちゃんは赤い顔をしながら、慌てたようにそう口にした。

そんな彼女の様子を見て、俺は少し可笑《おか》しかった。

それに親友の妹とは言え、こうして女の子に誘って貰えるなんて悪い気はしない。

明華ちゃんだって「二人だけで会いたい」って言ってる訳じゃないしな。

「ダメ……ですか？」

明華ちゃんがまた不安そうな顔をする。

「いや、ダメとかじゃないよ。そうだね、俺もヒマだし時々は明華ちゃんの顔も見たいしね」

明華ちゃんは石田の妹だし、俺の事は昔から知っている。

そんな変な事も考える必要はないだろう。妙な自意識過剰は止《や》めよう。

この時、俺はそう思ってた。

「ヤッタ！」

明華ちゃんの表情がパッと明るくなる。

俺もそんな彼女を見て、明るい気分になった。

「じゃあ今度はいつ会えますか？」

「う～ん、そうだな。でも俺ももうすぐ大学の試験なんだよね。だからしばらくは無理かかな。授業が始まっても試験勉強があるからね。時間が取れるとしたら二月に入ってからかな」

「そうですか……」

明華ちゃんは一瞬落胆したような表情をしたが、すぐに顔を上げる。

「あ、じゃあ、さっきの勉強を教えて貰う約束も込みで、一緒に勉強させて貰えませんか？　優さんが大学の勉強をしている横で、私も一緒に勉強するんです。それで解《わか》らない所を教えて貰えれば……」

「そうだね。時間が合えば、それがいいかもね」

「ありがとうございます！　よろしくお願いしますね！」

明華ちゃんはピョコンと頭を下げた。

「まぁ俺にどこまで明華ちゃんの先生が務まるか微妙だけど」

俺は苦笑しながら、そんな明華ちゃんを微笑《ほほえ》ましく見ていた。

「お～、ここにいたのか」

人ごみの向こうから、大きな声でそう呼びかけられた。

石田だ。

俺も片手を挙げて合図する。

ん、なんだろ。若干、明華ちゃんが不満そうな気が……

「おまえ、どこに行ってたんだよ」

俺がそう聞くと、石田は悪びれることなく平然と答える。

「いや、成田山なんてあまり来る機会が無かったからさ、どんな所か見てみようと思って。裏の成田山公園まで一周して来たんだよ」

「じゃあ俺たちに連絡くらいしてくれよ」

「そう思ったんだけどさ、スマホのバッテリーがもう残り少なかったんだよ。まぁ明華も優が一緒にいるなら大丈夫だろうと思って」

そして石田は明華ちゃんの方を見た。

「明華も、特に問題なかったろ？　むしろ優が一緒で良かったよな？」

明華ちゃんはやっぱり頬《ほお》を膨らませている。

「別にもっとゆっくりでも良かったのに」

「いや、約束通り俺は……」

その途端、明華ちゃんはドンッと強く石田を両手で叩《たた》くように押した。

「ウルサイっ！　余計なこと言わないのっ！」

明華ちゃんはそのまま後ろを向いてしまった。

石田は苦笑いすると俺の方に向き直った。

「ところで前にも話した通り、成田山の参道はウナギで有名なんだ。食っていかね？」

「ウナギか、確かにいいな。でも高くないか？」

「俺、今夜は親から多目に金を貰《もら》ってるんだ。不安があるなら貸してやるよ」

「いや、俺もある程度は持っているから大丈夫だ」

「そっか、じゃあ行こうぜ。おい明華、行くぞ」

俺たちはその掛け声で、成田山から駅前まで続く参道を歩く。

明華ちゃんは石田と反対側から、俺の後をついてくる。

そう言えばさっき、石田は何を言いかけたんだろうか？

不意に腕が軽く引っ張られるのを感じた。

見ると明華ちゃんが、コートの袖部分を小さく摘《つま》むように摑《つか》んでいる。

彼女は俺と目が合うと、少し照れたような感じで可愛い笑顔を向けてくれた。

三　大学で噂になっているんだけど

年が明けて最初の授業が始まる日。

俺は少し早めに教室に入っていた。

もうあと半月ほどで後期試験が始まる。

そのために必要な参考書を図書館で借り、そのまま早めに教室に入ったという訳だ。

だが結果から言うと、これは失敗だった。

後から教室に入って来た学生たちがジロジロと俺を見ている。

俺が彼らに目を向けると、サッと視線を逸《そ》らすヤツと、変な笑いを浮かべながら俺を見ているヤツの両方がいた。

中には時折俺の方を見てはヒソヒソと何か話しているヤツラもいる。

今までこんな事はなかった。嫌な視線だ。

俺はそれらを無視する事にして、教科書と借りてきたばかりの参考書を開いた。

ごく基本的な『ネットワークの七つの階層』に関する部分だが、全然頭に入ってこない。

そんな落ち着かない状況の中で、真横に人の気配がした。

隣に「ドカッ」と座る。

「おまえ、一色優《いっしきゆう》だろ？」

突然、ソイツからそう声をかけられた。

俺は顔を上げて相手を見る。

同じ学科の一年だが、今まで話をした事はない男だ。

茶髪に日焼けした顔、耳にはピアスが二つ。理工学部では少数派のタイプだ。

「そうだけど、何か用か？」

するとソイツはニタニタと笑いながら言った。

「オマエさ、クリスマス・イブの夜に、二年の桜島燈子《さくらじまとうこ》とヤッたって、本当？」

俺はどう答えていいのか解らなかった。

ここで「イエス」と答えれば、噂はさらに広がる。

燈子先輩に迷惑が掛からないだろうか？

だが「ノー」と答えては、今までの苦労が水の泡になる。

どちらにしても迂闊《うかつ》に答える事は出来ない。

それにこのイヤらしい笑いを浮かべた付き合いの浅い男に、答える気にはなれなかった。

「知らね」

俺は素っ気なく答えた。

「隠すなよ。教えてくれたってイイじゃん」

「別にオマエに話す義理はないだろ？」

するとと男は日焼けした顔をグッと近づけて来る。

「だって桜島燈子と言ったら、この大学では有名な美人じゃん。『陰のミス城都大《じょうとだい》』って言われてるしさ。そんな有名人と同学年のヤツがヤッたって聞いたら、気になるのは当然だろ？」

俺は無言を貫いた。

こんな風に興味本位で聞かれるのは、不愉快極まりない。

「それにさ、身体《からだ》だってメッチャいいよな。細身なのに巨乳だし。ツンとお高く止まった感じはするけど、そこがまたソソるっていうか。出来れば俺も一発お願いしたいよな」

俺はその男を睨《にら》んだ。

こんなヤツに燈子先輩を値踏みされるのが、この上なく不愉快だったのだ。

そんな俺を見て、男はおどけた表情をした。

「おいおい、怖い顔して睨むなよ。だってオマエラの話は有名だぜ。『サークルのクリスマス・パーティで、それまで付き合っていた相手を振って、互いに乗り換えてホテルに消えた』ってな。二人とも見た目と違ってけっこうヤるタイプだってって」

「誰が言ったんだよ、その話？」

これを言ったのは俺じゃない。

俺の背後から野太い声がしたのだ。

振り返ると、そこには石田《いしだ》がいた。

普段とは違って険しい表情をしている。

ゴツイ顔つきだけにこういう表情をされると、かなり迫力がある。

石田は言葉を続けた。

「アレはな、先に相手の方が浮気をしていたんだよ。優と燈子先輩はその事実を突きつけて、相手と絶縁したんだ。誰からも文句を言われる筋合いはない」

すると男は石田にビビッたようだ。

「いや、そんなマジになるなよ。ＳＮＳでその話が流れてきたからさ、ちょっと気になって聞いてみただけだよ」

「優はオマエに『話す義理はない』って言ってんだろ」

ソイツはもう完全に臆してしまったようだ。

「別に俺だって一色を非難するつもりじゃねーしさ。そんな怒るなよ、悪かったよ」

そう言って男は立ち上がると、別の席に移動して行った。

石田が隣に座る。

「ありがとう。助かったよ、石田」

俺は素直に礼を言った。

「別にいいよ。それに俺もさっきの話にはムカついたからさ」

そして顔を近づけて囁《ささや》いた。

「だけどクリパの一件で、優と燈子先輩の事は相当に噂《うわさ》になっているのは事実だよ。俺も何人かに優の事を聞かれた」

それを聞いて俺はタメ息をついた。

「そんなに噂になっていて、燈子先輩は大丈夫かな？」

「俺もそれを心配したんだ。燈子先輩の事だから、そんな簡単にはメゲないと思うが。それでも女性だからなぁ」

「俺、後で燈子先輩の様子を見て来るよ」

「そうだな。燈子先輩も変なヤツに絡まれて困っているかもしれないしな。でも優もあまり人目に付く所で燈子先輩に話しかけない方がいいかもしれないぞ。ヘタするとさらに噂に燃料を投下する事になりかねない」

俺はまたもやタメ息を漏らす。本当は「燈子先輩とは何もありません」って言えれば一番いいんだろうけど、そうする訳にも行かない。

石田がテキストを出した所で、俺は初詣の事を思い出した。

コイツにはあの時の事を聞こうと思っていたのだ。

「話は変わるんだが、石田、初詣の時はどうしたんだ？　オマエらしくなかったぞ」

普段の石田なら、あんなふうに自分だけ一人で先に行ったりしない。けっこう周囲に気を配るタイプなのだ。俺は家に帰ってからもその点が腑《ふ》に落ちないでいた。

石田の手がビクッとして止まった。そして急に愛想笑いを浮かべる。

「いや、あれはたまたまはぐれたんだよ、たまたま」

俺はコイツの表情に疑問を感じた。

石田がこういう顔をするのは、ウソや隠したい事がある時なのだ。

「石田、何を隠しているんだ？」

俺がさらに踏み込むと、石田の笑顔が軽く引《ひ》き攣《つ》った。

「言えよ。何か目的があったのか？」

石田が「はぁ〜」と小さくタメ息をつく。

「いやぁ、実はさ、正月にゲームの特別ガチャがあってさ」

「はっ？」一体、コイツは何の話をしようとしている？

「今回のガチャは凄《すご》かったんだよ。SSRのキャラが絶対貰えるってヤツでさ。しかも十連・二十連で確率が上がって行くんだよ」

「おい、俺はオマエに初詣の時の話を……」

「でさ、中には俺が狙っていたキャラも複数あって。それでガチャを引きすぎたら思った以上に課金がかさんでいてさ」

石田は俺には喋《しゃべ》らせまいと、一人で話を先に進めていく。

「それで明華《めいか》にお正月のお年玉をちょっと借りたんだよ。その交換条件として『一度、優と二人だけで話がしたい』って言われたんだ」

……明華ちゃんが？

頭をかきながら誤魔化《ごまか》し笑いをする石田を見ながら、俺は疑問に包まれた。

「まぁ確かに明華ちゃんには『勉強を教えて欲しい』って頼まれたけど……でも石田がいたら言えないほどの話じゃないだろう」

すると今度は石田が俺をジッと見た。

「明華が話したのって、それだけか？」

「後は、俺もヒマならたまには一緒に遊ぼうって話をしたくらいかな」

「相当な鈍さだな。そりゃ苦労もするわ」

石田がまるで独り言のように呟《つぶや》く。

「なんだよ、言いたい事があるならハッキリ言えよ」

石田らしくない態度に、俺はちょっとイラッと来た。

「まぁ明華が優と話したかった、という事だよ」

石田がそれで会話を打ち切ろうとする。

「それは解ったけど、でも兄貴が妹を放り出して、どこかに行っちまうのは良くないぞ。俺が変なヤツだったらどうするんだよ。明華ちゃんはけっこう可愛《かわい》いんだから、もっと気を付けてやれよ」

「その点は心配してねーよ。優となら絶対に変な事にはならないって解っているしさ。『安全・安心』の無添加無農薬、人畜無害な男だから」

石田がそう言った時、授業開始のチャイムが鳴った。


その後も、休み時間に「Xデーの一夜」について聞いてくるバカがいた。

他にも俺の事を好奇の目で見ているヤツは多い。

ラストの授業になった時は、俺は精神的に疲れ切っていた。

……燈子先輩は大丈夫だろうか……？

俺の中で不安が増していくのを感じる。

プライドの高い、そして貞操観念の強い彼女が、周囲からこんな目で見られるなんて耐えられるだろうか？

よし、授業が終わったら燈子先輩の教室に行ってみよう。

この授業は石田と一緒じゃないからちょうどいい。

スマホを取り出して、理工学部情報工学科二年の時間割を調べる。

今の時間だと燈子先輩は三号館の二階の教室らしい。

俺がいるのは四号館。けっこう距離がある。

相当急がないと俺がたどり着く前に、燈子先輩は校舎を出てしまうだろう。

それと……俺はどうしても燈子先輩に会いたかった。

Xデーから一度も顔を合わせていないのだ。少しでいいから話をしたかった。

このまま何もないまま春休みを迎えたら、燈子先輩との距離が絶望的に開いてしまう予感がしていたのだ。

「それじゃあ今回の試験範囲の要点をまとめたプリントを配るぞ。前の人は後ろに回してくれ」

講義終了のチャイムが鳴った後で、先生はそう言って前列からプリントを配り始めた。

く〜、この先生はいつもチャイムの五分前には終わるのに、今日に限って！

もっとも先生としては『生徒に少しでもイイ点を取ってもらいたい』という親心なのだろうが。

前席でプリントを受け取ったヤツから先に教室を出ていく。

クソッ、すぐ出ていけるように教室の後ろに座ったのが失敗だった。

やっと回って来たプリントを一枚抜き取って後ろに回すと、俺は脱兎《だっと》のごとく教室を飛び出した。

しかし同様に授業が終わった他の教室からも、既に学生が廊下に溢《あふ》れ出ている。

……頼む、間に合ってくれ……！

狭い廊下に溢れる学生の間を縫うようにして先を急ぐ。

なんだか高校時代のバスケの練習を思い出す。

やっとの思いで俺が三号館二階にたどり着いた時。

廊下の反対側に燈子先輩の姿が見えた！

……やった、間に合った……！

燈子先輩は帰ろうとしているのだろう。俺がいるのとは反対側の階段に向かっている。

俺はさらに人をかき分けるようにして、先を急いだ。

だが五メートルほど近くまで来た時……俺の足は止まった。

燈子先輩は他に二人の女子と一緒にいたのだ。

楽しそうに笑いながら話しているのが見える。

さすがに女子三人がいる所に、いきなり割って入るほどの度胸はない。

何しろあのクリパの一件で、俺も燈子先輩も周囲からは注目の的だ。

一人でいる所ならまだしも、女子同士で話している中に割り込むほど図太い神経は持ってない。周りから見ても違和感アリアリだろう。

階段を降りていく燈子先輩の姿を目で追いながら、俺の勢いはすっかり萎《しぼ》んでしまった。

一月の早い夕暮れの中、俺は電車の中からボンヤリと外を見ながら思った。

……結局、Xデーからコッチ、燈子先輩とは全然話せていないよな……

思わずタメ息が出る。その後も二回ほど燈子先輩の教室に行ってみたが、いつも友達と一緒で話す事は出来なかった。

クリパの後、燈子先輩がホテルの部屋を出る時「これからも会って欲しい」と俺は言った。

そして燈子先輩も笑顔で承諾してくれたのだ。

しかしそれ以来、俺は燈子先輩と一度も会話をしていない。

燈子先輩は年末年始、家族で旅行に行っていた。

彼女の両親は普段仕事で忙しいため、年越し旅行は家族だけで過ごす大切な時間になっているそうだ。

そう言われてしまうと、俺からお誘いのメールも中々出せない。

SNSのメッセージで「あけましておめでとう」と、近況を伝え合ったくらいだ。

俺はポケットからスマホを取り出してSNSのアプリを開く。

『鴨倉《かもくら》とカレンへの仕返し計画』のために作った、俺と燈子先輩だけのチャットルーム。

ついこの前の事なのに、もう懐かしいような気がする。

今から思えばあの『仕返し計画』は俺にとって充実した日々であり、燈子先輩との大切な時間だったと思える。

燈子先輩と過ごした記憶が切ない感情を伴って、俺の胸に思い起こされた。

だが……あれ以来、俺は燈子先輩に会う事も、話す事さえ出来ていない。

……燈子先輩、もう俺とは会う気はないんだろうか……？

……『トラウマレベルの報復』は終わったんだもんな。別に俺たちはその後に付き合う約束をしていた訳じゃないし……

……高校時代から憧れていた俺とは違って、燈子先輩にとって俺は『その他大勢の後輩の一人』に過ぎないもんな……

夕陽《ゆうひ》のせいか、そんな悲観的な気持ちが沸き起こって来る。

だが俺は頭を左右に振ってそれを打ち消した。

……いや、俺と燈子先輩は、もう『只《ただ》の先輩後輩』の間柄じゃないはずだ。

俺が燈子先輩をかけがえのない存在と思っているように、燈子先輩も俺を特別な存在だと見てくれているはずだ。

何しろ俺たちは『恋人の裏切り』という悲しさと苦しさを共有し、それを一緒に乗り越えて来た仲なんだから。

ふと見ると操作されないスマホはスリープ状態になっている。

俺はスマホをポケットに戻した。

その週の金曜も俺は最後の授業が終わると同時に、燈子先輩が受けている講義の教室にダッシュで向かった。

今日の先生は試験の要点だけ言うと早々に講義を終えたのだ。

今の俺としては有難かったが、授業としてそれでいいのかとちょっと複雑な気持ちだ。

俺が到着した時、既に講義は終わっていた。

教室のドアが開いて数人の学生が出て来る。

そのドアから教室の中を覗《のぞ》き込む。学生は大半が部屋から出ているようだ。

俺が不安を感じながら視線を数回巡らせると……

いた、燈子先輩だ。教室の真ん中あたりに座っていた。

しかし燈子先輩は一人ではなかった。二人の男に挟まれていたのだ。

誰だ、アイツラ……一瞬、喉が詰まるような思いがしたが、よく見ると燈子先輩は二人を無視しているように見える。

だが両側の男たちは、それを気にするようなデリケートな精神の持ち主ではないらしい。

「今日はさ、まだ時間あるでしょ、燈子ちゃん。せっかくだから俺たちと飲みに行こうよ」

「そうそう。こうして同じ大学の学生なんだからさ。親睦を深めると思って、ネ!」

男の内の一人は茶髪のロン毛で顎髭《あごひげ》を生やし、もう一人は髪を金色に染めたベッカムヘアだ。

二人ともいかにもチャラそうな男たちだ。

と言うかアイツラ、有名なヤリサーの連中じゃないか？

常に学食でたむろっていて、けっこう顰蹙《ひんしゅく》を買っているヤツラだ。

燈子先輩は二人とは視線を合わせず、テキストをバッグにしまうと立ち上がった。

しかし両側を男たちに塞がれているため、通路に出る事が出来ない。

「どいて下さい」

燈子先輩は冷たい声で言った。

「そんなに邪険にしなくてもいいじゃない。いいお店を知ってるんだよ」

「せっかくの大学生活、楽しんだ方が得でしょ。今しかないよ、人生で遊べる時期は」

周囲の学生が三人の方に目を向けた。だが誰も止めようとはしていない。巻き込まれてトラブルになるのを恐れているのだろうか。

俺は……飛び出そうとして、その足を止めた。

ここで俺が出て行ったら、クリパの事もあるし、さらに燈子先輩の評判を悪くしてしまうんじゃないか？

「私、試験勉強があるんで。アナタたちに付き合っているヒマは無いんです」

燈子先輩が苛立《いらだ》ちを隠さない調子でそう言った。

だがチャラ男たちは全く怯《ひる》まない。

「そんなこと言わないでさぁ、ちょっと飲みに行くくらいイイじゃん」

「学生時代に人脈は広げた方がいいって。燈子ちゃんだって今はフリーなんでしょ？」

——相手にしてられない——

その思ったのか、燈子先輩は強引に茶髪男の横を通り抜けようとした。

だが茶髪男は燈子先輩の行き手を阻む。逃がさないつもりらしい。

「まあまあ、まだ話は途中だから。それで逃げるのは良くないよ」

前を塞いだ茶髪がそう言うと、背後の金髪が燈子先輩のバッグを摑《つか》んだ。

「こんな重いバッグを持っていたら肩が凝るでしょ。俺が持っていてあげるよ」

「そこをどきなさい！　触らないで！」

もう人目を気にしている場合ではない！

俺は教室に飛び込むと、一足飛びで燈子先輩の所に向かった。三人の間に強引に身体《からだ》をねじ込む。

まずは金髪の手から燈子先輩のバッグをもぎ取ると、茶髪男の身体を突き飛ばした。

バランスを崩した茶髪男が通路側によろめく。

「燈子先輩、コッチへ！」

そう言って通路に抜けつつ彼女を背後に回らせ、俺は目の前の茶髪と金髪を睨《にら》んだ。

突然現れた俺にチャラ男二人は一瞬呆気《あっけ》に取られたようだが、すぐに怒りを露《あら》わにした。

「なんだ、コイツ？」

「いきなり何すんだよ！」

俺も二人を睨み返す。

「何するもクソもあるかよ。燈子先輩は嫌がっているだろ。それをあんな強引に！」

だが根っからのチャラ男には、俺の真っ当な意見は通じないらしい。

「嫌がってるかどうか、なんでオマエに解るんだよ！」

「その娘《こ》だって誘って欲しい気持ちがあるんだろ。嫌ならとっくに逃げているんじゃねーか？　強引って言われる筋合いはないいな」

「フザけんな！」俺は怒鳴った。

「今のが強引じゃなくて何なんだ！　逃げようとしていた燈子先輩を二人で挟んで逃げられないようにしていたんじゃないか！　その上、バッグまで奪って人質に取ろうとして！」

茶髪が下卑た笑いを口に浮かべた。

「そんな事ねーよ。本当に嫌なら俺たちを突き飛ばしてでも逃げればいいんだ。そうしないって事は、その娘も本心では遊びたいって気持ちがあるんだよ。拒んで見せたのは只のポーズかもしれないだろ」

「そんな事あるもんか！　燈子先輩はそんな事はしない！」

「それがあるんだよ。知らねぇのか？　その娘の噂《うわさ》。その娘はな、クリスマス・パーティで彼氏を振って、後輩の男とホテルにしけこんだって話だぜ。そんな女が……」

俺が怒りのあまり、茶髪の顔面を殴りそうになった時だ。

茶髪の背後にいた金髪が俺を指さした。

「おい、コイツ。話題のその後輩じゃね～か？　クリパで彼女を振って、燈子ちゃんとホテルに行ったたっていう」

茶髪はそう言われて、改めて俺を見つめた。

「そうか、オマエがその当事者か。たしか理工学部の一年で、一色優って名前だったな」

俺は一瞬、言葉を失った。だがここで引く訳にもいかない。

「だったらどうだって言うんだ？」

茶髪がさらに厭《いや》らしい笑いを深めた。

「なんだ、それで出しゃばって来たのか？　オマエ、燈子ちゃんの新しい彼氏なのか？」

俺は即座には言い返せなかった。俺は燈子先輩の彼氏と言える立場にない。

「彼氏じゃないなら引っ込んでろよ。オマエにとやかく言われる筋合いはない」

俺の躊躇《ちゆうちよ》を悟ったのか、金髪は見透かしたような笑みでそれに続く。

「フザけるな！　オマエたちなんかに、これ以上燈子先輩には触れさせない！」

俺がそう言った時だ。

「アンタたち、なにやってるのよ！」

鋭い女性の声が響いた。

見ると三人の女子がコッチを睨みながら歩いて来る。

そのうち二人は、この前燈子先輩と一緒にいた女子だ。

そして燈子先輩を囲むようにすると、先頭にいたショートカットの娘がこう言った。

「さっき教務課の人を呼びに行ったから。アンタたち男三人で燈子に何をしようとしてたのよ！」

「えっ、俺は……」

「強引に何かしようって思っていたんなら、タダじゃすまないわよ」

ショートカットの娘は、俺にそれ以上なにも言わせなかった。

彼女は背は低いが、底知れぬ威圧感があった。

そう感じたのは俺だけじゃないらしい。チャラ男二人も彼女に圧倒されたのだろう。

「別に、何かしようなんて思ってねぇよ」

「ちょっと飲みに誘っただけだろ。ムキになるなよ」

そう言ってそそくさとその場を離れていく。

するとショートカットの子が俺を睨んだ。

「アンタはまだ燈子に何かしようって言うの？」

「違うの久美《くみ》。一色君は私を助けに入ってくれたの」

慌てて燈子先輩が割って入る。

久美と呼ばれたショートカット女子は一瞬「えっ」という顔をするが、すぐに元の険しい顔つきに戻る。

「そう、あなたが一色優……」

彼女は俺の名を呟《つぶや》くが、厳しい表情は変わらない。

見ると他二人の女子も、俺を険しい目で睨んでいる。

すると久美さんはクルリと俺に背を向け、「行こう」と燈子先輩と他の二人を促した。

彼女たちは燈子先輩を護衛するかのように囲んで歩き出す。

だが久美さんだけは、俺から少し離れた所で足を止め、肩越しに俺を一瞥《いちべつ》した。

「一色君だっけ？　アナタが悪いんじゃないって事は燈子から聞いている。だけどアナタのおかげで、燈子がどれだけ迷惑しているか、考えた事ある？」

その言葉を聞いて、俺は全身が硬直する思いがした。

……やはり燈子先輩は……

「久美、私は別に迷惑なんかじゃ……それに一色君には何も責任はないし」

燈子先輩が振り返ってそう言うも、久美さんも、そして他の二人も耳を貸さなかった。

「燈子の事を思うなら、しばらく彼女には近づかないであげて」

久美さんはそう言い残すと、燈子先輩の背を押すようにして教室を出て行った。


週明け火曜日の夕方、四限目の授業が終わった後。

俺は中庭にあるベンチに腰掛けて、ボンヤリと構内の木々を見ていた。

中庭の周囲は校舎に囲まれている。今日はそれに重苦しい圧迫感を覚える。

ほとんどの木は既に葉を落としており、なにかうら寂しい感じがした。

ちなみにここの地下にカフェテリアがある。

今日は燈子先輩の授業は三限で終わりのはずだ。もう学校にはいないだろう。

そして来週からは試験が始まる。

……今日も燈子先輩と話す事は出来なかった……

今朝、駅を出た所で燈子先輩を見かけたのだが、金曜の一件が思い出されて声をかけるなんて出来なかった。

……試験が始まったら、中々燈子先輩と会うチャンスはないよな……

一年と二年とでは試験のスケジュールが違う。

だから俺が燈子先輩と会えるチャンスはグンと減る。

……燈子先輩、俺の事をどう思っているんだろう。もうただの後輩の一人としか思ってないのか？

なんだか、こうして燈子先輩の姿を目で追うだけって、まるで高校時代に戻ったみたいだ。進歩してないな、俺……

……アナタのおかげで、燈子がどれだけ迷惑しているか、考えた事ある……？

先日、久美さんに言われた言葉が脳裏に蘇《よみがえ》った。

確かに俺は『カレンと鴨倉に復讐《ふくしゅう》すること』に囚《とら》われていて、その後の事を深く考えていなかったかもしれない。

あれだけの事をすれば、その後に周囲で話題になるのは当然だ。

噂される程度ではなく、ウザイ奴《やつ》、変に絡んでくる奴も現れて来る。

俺はまだいい。男だから「うるせーよ」と言ってしばらく我慢していれば済む話だ。

でも燈子先輩は女だから、噂されるだけでもかなり辛《つら》いかもしれない。

それにこの前のチャラ男みたいに、『軽い女』だと思って絡んでくる奴もいるだろう。

……やっぱりしばらく燈子先輩には近づかない方がいいのかな……

ヒュッ、と冷たい風が吹いた。

身体の中を通り抜けるような冷たい風だ。身体より心に沁《し》みる気がした。

俺がなんだか侘《わび》しいような寂しいような……そんな感覚に囚われていた時だ。

「うわっ！」

思わず声を上げてのけ反った。

突然、俺の頬《ほお》に何か温かいモノが触れたのだ。

「ご、ごめんなさい。ビックリさせちゃった？」

背後を振り返った俺の目に映ったのは、二つのリッド《蓋》付きのカップを持って立っている燈子先輩だった。

俺のリアクションの大きさに、逆に彼女の方が驚いている。

「い、いえ、大丈夫です。突然だから驚いただけで」

「驚かそうと思ったんだけど、まさかあんなに反応すると思わなかったから。ごめんなさい」

燈子先輩は再び謝罪を口にすると、俺の隣に座ってカップを差し出して来た。

「はい、コレ、コーヒー。ここは寒いから」

「あ、ありがとうございます」

カップを受け取った俺がサイフを出そうとすると、燈子先輩は「別にいいから」と言って押《お》し留《とど》めた。

「なにを考えていたの？　ずいぶん黄昏《たそがれ》ているように見えたけど？」

俺がリッドの飲み口を開けた時、彼女がそう聞いて来た。

「いや別に。そんな特別な事を考えていた訳じゃないです」

俺はドキドキしながらそう答えた。

だってさっきまで思い浮かべていた人が、目の前にいるのだ。

燈子先輩が隣に座っていると思うだけで胸の鼓動が高鳴ってくる。

まるで中学生の反応だな、と俺は思った。

「もしかして、金曜日の事？」

燈子先輩が心配そうな目で俺の顔を覗《のぞ》き込む。

「いえ、別に……」

そこまで言って俺は「やっぱり正直に話した方がいいかも」と思い直した。

「正直に言うと、それもあります。俺……燈子先輩にすごい迷惑をかけちゃったのかなって」

「そんな事ない！」

燈子先輩は強い口調で否定した。

「そんな事ないよ。一色君は全然悪くない。そもそもあの復讐計画は私が言い出した事なんだから」

そして俺の方に向き直ると丁寧に頭を下げた。

「ごめんなさい。私のせいであんな風に言われてしまって。私もみんなには説明していたんだけど、久美たちは……彼女は私のクラスメートなんだけど……私の事を心配してああ言ってしまったの。私の説明が足らなかったせいで一色君にも失礼な事を言ってしまって、本当にごめんなさい」

　彼女の声は最後の方が震えているような気がした。

「いや、そんなに謝らないで下さい。俺よりも燈子先輩の方が被害を受けているのは事実ですから。俺の方こそ申し訳ないと思っています」

　だが燈子先輩はまだ頭を下げたままだった。

「あの、本当に謝らないで下さい。金曜日の事は気にしてませんから。それに俺、あれで少し安心したんです」

「えっ？」

　燈子先輩が顔を上げた。意外そうな表情はしているが、やはり目元が少し赤い。

「だって久美さんたちが、あぁして普段は燈子先輩を守ってくれているんですよね。俺はずっと心配していたんです。燈子先輩が変な連中に絡まれていないかって。俺は燈子先輩と一緒にいてあげる事が出来ないから……。だけどこの前みたいに久美さんたちがガードしているなら、大丈夫かなって」

　それを聞くと燈子先輩は泣きそうな、それでいて嬉《うれ》しそうな笑みを浮かべた。

「一色君、私の事をずっと心配してくれていたんだ？」

「それはまぁ、当然……」

「優しいね、君は……」

俺は思わず視線を外して下を向いてしまった。

燈子先輩のそんな表情は初めて見たからだ。なんかすごく恥ずかしくなってしまった。

同時に……強く彼女を「抱きしめたい」と思ってしまった。

「ありがとう、一色君……」

視界の外から、そんな言葉が聞こえる。温かい気持ちを伴って……

俺は自分の中に沸き起こる感情を抑えるため、別の話題を持ち出した。

「燈子先輩はどうしてここに来たんですか？　今日の授業は早く終わったんじゃないですか？」

すると彼女は前を向き、カップを両手で包むように持ち替えた。

「そうなんだけど、少し学校で自習して行こうと思って。急いで家に帰る必要もないし」

そこで俺の様子を窺《うかが》うようにチラッと見る。

「そうですか。でも燈子先輩は——この前の久美さんたちですか——いつも友達と一緒にいるみたいだし、さっさと帰っているから忙しいのかと思ってました」

すると燈子先輩は俺の方を向いた。少し不満げな顔だ。

「いつも友達と一緒にいるのは一色君じゃない。行き帰りは石田君と、学内では他にも学科の友達と一緒にいるでしょ」

「えっ……」

俺は思わず燈子先輩を見つめる。

……もしかして燈子先輩、俺の事を見ていたのか？

「でも俺、燈子先輩と話せないかなと思って……何度か燈子先輩の授業がある教室まで行ったんですけど……いつもクラスの人と一緒で」

すると今度は燈子先輩が目を丸くした。

そしてしばらくした後、「ぷふっ」と面白そうに吹き出した。

「タイミングが悪かったのかな？　私たち」

それを聞いて、俺も釣られて笑い出す。

「そうかもしれませんね。嚙《か》み合ってなかったというか」

俺たち二人から抑えた笑いがこぼれだす。

ひとしきり笑った後、彼女はトートバッグの中を探った。

「もう一つの理由はね、君に渡したいものがあって」

そう言って手渡してくれたのは、不透明な厚手のビニール製の袋だ。

「これは？」

「ハワイのお土産。Tシャツなんだけど、どうかな？」

「開けてもいいですか？」

「どうぞ」

袋を開いて、入っていたTシャツを広げてみる。

紺地にエンジ色のロゴで「88TEES」と書かれている。

「気に入ってもらえたかな？」

「ええ、とっても。ありがとうございます」

ハワイのお土産って言うから派手な柄シャツを想像したが、シンプルで良かった。

「本当はエイティエイティーズって可愛《かわい》いキャラの柄の方がメジャーなんだけどね。一色君はシンプルな方が好きかなって思って」

「はい、これなら普通に日本でも着れますしね。大切にします」

「良かった。実は一色君の好みに合うかなって、ちょっと心配だったんだ」

燈子先輩は嬉しそうにそう言ってくれた。

俺はTシャツを元通りにたたみ、袋に戻してデイパックにしまった。

そんな俺を見ながら、燈子先輩が口を開く。

「それで君は私に、何の用だったの？」

「一つはさっき言った事です。燈子先輩が心配だったのと……」

彼女は無言で、俺の次の言葉を待っていた。

「後はそのぉ、もうすぐ試験だし、試験期間だと中々会うチャンスもないかなって。それ

が終わると春休みだから、その前に……」

俺はその先の言葉が出てこなかった。

別に何か考えがあった訳じゃない。

ただ燈子先輩と会って話したかった。

このまま『ただの先輩と後輩の間柄』に戻りたくなかったんだ。それだけだ。

燈子先輩はしばらく俺の顔を見つめていたが、やがてカップを手にして立ち上がった。

少し離れた専用のゴミ箱にカップを入れると、戻って来て俺の前で両手を後ろに組み、腰を屈《かが》めて顔を覗き込んできた。

「ねぇ、イルミネーションってまだやっている所、あるかな？」

「イルミネーション……ですか？」

「そう。私たち、クリスマスはリベンジ計画で目一杯だったでしょ。だからクリスマス気分を味わってないなって思ったの」

俺は燈子先輩を見上げた。彼女のその目が優しく笑っている。

「このまま終わっちゃうのも寂しいでしょ。二人だけのやり直しのクリスマス、どうかな？」

「そうですね！　試験が終わったら一緒に見に行きませんか？　俺が探しておきます。まだやっている所があるはずです！」

俺は明るい声でそう言って立ち上がった。

「ありがとう。楽しみにしてるね」

そう言った燈子先輩の表情は、夕陽《ゆうひ》に照らされ少女のように輝いていた。


その日も俺は浮かれ気分だった。

二日前、燈子先輩が『二人だけのやり直しのクリスマス、どうかな？』と言ってくれたからだ。まさか彼女の方から誘って貰《もら》えるとは思ってもみなかった。

燈子先輩と一緒に、夜のイルミネーションを見ながら二人だけのReクリスマス。

なんかこの先の人生全てがバラ色に感じられる。

燈子先輩のたった一言でこんなに気分が舞い上がるなんて、自分でもチョロい気がするが、男なんてそんなもんだろう。

そんな訳で俺は昨日も夜遅くまでネットで『二月でもイルミネーションをやっている所』を検索していた。

ナイト・イルミネーションはやっぱりクリスマスがメインだが、銀座・日比谷や丸の内、六本木や汐留《しおどめ》などは二月でもライトアップを続けているらしい。

……燈子先輩と一緒に買い物して、ディナーを食べて、イルミネーションを見て、それから二人で……

……燈子先輩が夜のライトアップされたイルミネーションを見上げる。

俺はその隣で燈子先輩を横目で見ていて……

「本当は寂しかったんだ、私も」

燈子先輩が呟《つぶや》くように言う。

「俺もです。もう燈子先輩は俺と会う気がないのかと……」

すると燈子先輩はそっと頭を俺の肩に押し付けてきて……

「そんな事ないよ、これからもずっと、一緒だよ」

俺と燈子先輩の手は自然に重なり合い……

プシュ〜、ガタン。

ハッと気が付いて顔を上げると、ちょうど列車のドアが閉まる所だった。

しかも俺の降りる駅で……

……しまった！　妄想の世界に入り込み過ぎて、乗り過ごしたか……！

ちっくしょう。石田の妄想癖がうつっちまったようだ。


一駅乗り過ごした俺は、ギリギリで一限目の経済学の授業に間に合った。

（先生は既に来ていたので、正確には「出席チェックに間に合った」だが）

だが教室に入ると、もう席は一杯だ。

……この授業、こんなに取っているヤツがいたのか……？

そう思いながら俺は学生証をカードリーダーにかざし、教室後ろの一番出入口に近い列に座る。

この教室は六人掛けの机がズラリと縦横に並んでいる。

俺は「次に飛び込んでくる人」のために、六人掛けの机の奥側に移動した。

経済学のテキストを取り出して開く。専門科目を落とすのは論外だが、一般教養も落とすと後が面倒だ。別にいい成績とかを目指している訳じゃないが、出来るだけ単位は落とさないように心掛けている。

開いたページにボンヤリと目を落とす。

気が付くとそこには『ハートに矢が刺さった落書き』が描かれていた。

カレンの落書きだ。

俺たちは付き合って最初の頃、「後期は出来るだけ一緒の授業を取ろう」と話していた。

理工学部と文学部ではそれほど共通する一般教養はなかったが、専門外の経済学や法学、簿記や情報リテラシーなどの科目は全学部共通だったのだ。そこで二人で履修したのが、この経済学の授業だ。

お洒落《しゃれ》のためか、小さめのバッグを持ちたがるカレンは、最小限の教科書しか持って来なかった。

だからこの経済学の授業はいつも俺と並んで座り、俺のテキストを二人で見ていたのだ。

その時に描いたカレンの落書きが、そのまま残っていた。

……終わりはサイアクだったけど、あれも一つの思い出って言えば思い出かな……

こんな風に思えるという事は、俺の中でもカレンに対する気持ちは一区切りついているのだろう。

俺がそんな風に考えていた時だ。

まだ開いていたドアから四人ほどの学生が教室に飛び込んで来た。

彼らは教室入口のカードリーダーに高速で学生証をかざすと、そのまま一番近い列の机になだれ込んでくる。俺が座っている列だ。

ドカッ、ドカッ、ドカッ、ドカッ。

四人の座った振動が机に響く。

……騒々しいヤツラだな。もっと静かに座れないのか？

俺が何気なくソッチを見ると……なんとすぐ隣にいたのはカレンだった！

まさか、カレンの事を思い出したから、実物が現れたのか？

カレンも顔を傾けて俺を見た。目が合う。

「チッ」「ハァ」

カレンの舌打ちと、俺のタメ息がほぼ同時だった。

だがすかさずカレンはキッとなって俺を見た。

「なによ、その嫌そうなタメ息は？」

「カレンだって舌打ちしたろ。お互い様だよ」

「アタシだってねぇ、別に好きでアンタの隣に座ったんじゃないのよ。急いで座ったら隣にアンタがいたのよ。仕方ないでしょ！」

「だったら今からでも他の席に移れよ」

「見て解んないの？　コッチ側には他の人が三人もいるでしょ。アンタの横には一人しかいないじゃない。アンタが他の席に移りなさいよ！」

相変わらずカレンは強気だ。

そしてコイツと顔を合わせるのはXデー、あのクリスマス・イブのパーティ以来だ。

お互いイイ顔なんて出来る訳がない。

俺は右側を向いた。そこには一人学生がいて、その向こうが通路だ。

だが既に授業は始まっている。今さら「他の席に移りたいから、どいてもらえませんか？」とは言いづらい。

俺はそれ以上なにも言わず、授業に専念する事にした。コイツに何か言っても仕方がない。

カレンはいないものと考える事にしよう。

カレンの方も、それ以上は何も言って来ない。

俺たちはあのクリスマス・パーティで絶縁したのだ。これ以上関わるべきじゃない。

それにしてもコイツ、あれだけの事をしていたクセに、俺に一度も謝っていないんだよな。

改めてカレンの所業を思い出すとムカムカして来た。

さっきの『一区切りついた』は勘違いか？

しかしカレンごときのために、これ以上イライラするのも精神衛生上よろしくない。

俺は気分転換に、燈子先輩との『やり直しのクリスマス』について考える事にした。

燈子先輩の優しいながらも、少し恥じらうようなあの笑顔。

思い出すだけでホンワカした気分になって来る。

燈子先輩とのデート・プランを考えながら、手はほとんど無意識に先生が告げるページ数と公式番号をメモする。

この先生はほとんど教科書を読むだけだ。たまに黒板に図やグラフを描く事があるが、主に教科書の説明で授業を進める。

今日はテスト前の最後の授業という事で、試験に出る必須項目や公式などを次々に述べているだけだ。

頭を使わなくても、手だけ動かしてメモを取ればいいので楽だ。

「次は重要だぞぉ。消費関数とその次の最小二乗法による回帰直線の考え方」

あまりヤル気の感じられない声で、先生はそう告げた。

ふと横にいたカレンの手元が視界に入る。

ノートは広げているが教科書はない。

そして教科書が無ければ、今日の授業では先生が何を言っているのかサッパリわからないだろう。

……コイツ、相変わらず教科書さえ持ってきてないのかよ……

俺は半分呆《あき》れた。

勿論《もちろん》、カレンだって今の状況で『俺と一緒に教科書を見る』なんて事は考えていなかっただろう。

だが今まで俺に頼っていたせいで、無意識にこの授業は教科書を持たないようにしているのか、教科書そのものを無くしてしまったのかもしれない。

……ま、俺には関係ない事だけどな。いつまでも他人をアテにしてるんじゃねーよ……

これでカレンがこの授業の単位を落とす事になっても自業自得だ。元々カレンは数学が得意じゃないしな。

チラッとカレンの方に視線を飛ばした。

カレンは強張《こわば》った顔をして、じっと前を見ている。が、手は動いていない。

その様子を見ると、なぜか俺は居心地が悪い気がした。

カレンがどうなろうが、俺にはどうでもいい事のはずなのに。

俺は無言でスッと教科書をカレンの方に滑らせ、先生が「重要だ」と言った箇所の公式を指で指し示した。

カレンがそれに目を止める。

数秒の沈黙の後、「なによ」とだけ言った。

「先生がいま言った所だよ。この公式。ページ数と公式番号だけメモしておけば、後で教科書を見れば解《わか》るだろ」

カレンはしばらく差し出された教科書を見つめていた。

「いいわよ、別に。いま覚えておくから」

「教科書なしで覚えられるのか？　実際、どの部分の解説をしてるのかも解らなくて困ってるんじゃないか。このままだとカレンじゃこの授業の単位を落とすだろ」

カレンは俺とは視線を合わせず、戸惑うような顔をしていた。そして小さく呟く。

「じゃあ何か他の事でこの借りは返すよ」

「別に今さらオマエに貸しを作ろうとは思ってないよ」

むしろ俺としては、これ以上はカレンと関わりたくないのが本音だ。

「アタシがアンタに借りを作りたくないんだよ！」

カレンはそう、吐き捨てるように口にした。

まったく、勝手にしろ。


授業が終わった。

席を立とうとした時、カレンも立ち上がって俺の方を見た。

礼でも言うのかな？　そう思ったがコイツはそんな殊勝な女じゃなかった。

「最近さ、暗い顔してる時が多かったみたいだけど、今日はやけに浮かれてるじゃん」

「別に浮かれてなんかいないいさ」

「浮かれてるよ。今の授業中も時々ニヤニヤしちゃっててさ。気持ち悪いったらありゃしない。正直、引いたよ」

コイツ、いつの間に俺の事をチェックしていたんだ？

「カレンには関係ないだろ」

「あってたまるかっつーの。まぁアンタの機嫌がいい理由なんて察しは付くけどね。どうせ燈子絡みで何かあったんでしょ」

カレンはいかにもバカにしたような顔で言い放った。

「おまえ、先輩に対して呼び捨てか？」

俺がそう咎《とが》めると、カレンは「フン」と鼻を鳴らした。

「アタシにとってはもう、先輩でも何でもないよ。別にリスペクトする必要もないでしょ」

これ以上話しても時間の無駄だ。

俺はもうコイツを無視する事にした。黙ってデイパックを肩にかけると、カレンに背を向けて通路に出る。

「ま、今度はしっかりやるんだね。それと今日の借りは返すから、礼は言わないよ！」

そんな言葉が、背後から浴びせられた。


昼休み、俺は二号館五階にある学食に向かった。

注文した唐揚げ定食を手にすると、俺はズラリと並んだテーブルに視線を走らせた。

すると俺に向かって手を上げるヤツがいる。石田だ。

俺はそのテーブルに向かった。石田の隣に座る。

そしてその正面にはサークルの部長である中崎《なかざき》さんがいた。

今日、俺と石田は中崎さんに呼び出されたのだ。

「話って何ですか？　中崎さん」

俺は唐揚げ定食を前にして、そう切り出した。

中崎さんはラーメンとそぼろ丼だ。

「ああ、食いながらでいいから聞いてくれ」

既に石田の方は生姜《しょうが》焼き定食に口をつけている。

「ウチのサークルが例年スキー合宿を実施している事は知っているよな」

俺も石田も無言で頷《うなず》いた。

俺たちのサークル『和気藹々《わきあいあい》』は今でこそ何でもやる系のイベント・サークルだが、元々はキャンプやトレッキングなどのアウトドア系サークルだった。

スキー合宿はその頃から毎年続けられている。

「そのスキー旅行なんだがな、今年は参加者が減って最低人数を下回りそうなんだよ」

中崎さんはタメ息をつくような感じでそう告げた。

「え？　なんでですか？」

石田は不思議そうに聞き返したが、俺にはその理由の予想がつく。

中崎さんはチラッと俺を見て、言いにくそうに口を開いた。

「まずカレンちゃんとその取り巻きの五人がサークルを辞めただろ。それと鴨倉目当てだった女子大の子も十人近くが『スキーに参加しない』って言っている。このまま辞めるつもりかもな。鴨倉本人ももうサークルには顔を出さないだろう」

……やっぱり、それが理由か……

何だか口の中の唐揚げが、急に苦く感じて来た。

俺の『リベンジ計画』はこんな所にも影響を及ぼしているのだ。

「それだけじゃない、燈子さんも不参加らしい」

「燈子先輩も!?」思わず俺は声を上げていた。

「ああ、大学の色んな所で噂《うわさ》になっているからな。その大本であるサークルには顔を出したくないいんだろう」

俺は思わず下を向いた。

この前、燈子先輩から『二人だけのやり直しのクリスマス』と言われた事で、俺はすっかり安心しきっていた。

だが燈子先輩が受けたショックは、俺が思っていたより大きいのかもしれない。

石田が生姜焼きを口にしながら尋ねた。

「最低人数を下回ると、何が一番問題になるんですか?」

「バスと宿だな。バスは中型をチャーターしているんだ。ホテルも最低三十人は泊まれるだけの部屋をキープしてある。それで最低人数を切ってしまうと、一人当たりの参加費用がアップするだろ。そうなるとさらに参加者は減るかもしれない」

中崎さんは本当に困っているらしく、頭を抱えていた。

「それで俺たちが呼ばれた理由っていうのは?」

俺が尋ねると中崎さんは頭を上げた。

「一つは相談だ。最低でもあと五人は確保したい。だからメンバーの友達なんかでサークル外の人でもいいから参加者を集めて欲しいんだ」

「わかりました！　兄妹《きょうだい》とかでもいいっすか？」

石田がそう尋ねる。

だが俺はその言葉に一抹の不安を感じた。

石田の兄妹ということは明華ちゃん以外にありえない。

「ああ、兄妹や親戚でも大歓迎だ」

「俺は兄弟はいないし、サークル外の人って言っても、あんまり心当たりが……」

俺は戸惑いながらそう言った。

俺に責任があるのだから出来るだけ何とかしたいとは思う。

だけど正直な所、一緒に行けるような相手が思い浮かばない。

しかし中崎さんは小さく首を左右に振った。

「いなければいないで仕方がない。それより一色は燈子さんが合宿に参加するように働きかけてくれないか？」

「俺が、ですか？」

「そうだ。何だかんだ言っても、燈子さんは『真のミス城都大』だし、ウチのサークルの女神様だ。燈子さん目当てのヤツも多い。彼女が参加するかどうかで雰囲気が全然変わって来るだろう」

「でも俺が誘ったくらいで、燈子先輩の気が変わりますかね？」

中崎さんは自信アリ気に頷く。

「俺は大丈夫だと思っている。燈子さんは一色を信頼しているよ。それにオマエたち二人は、かなりいい雰囲気だと思っている。一色が誘ってダメなら、他の誰が言ってもダメだろう」

中崎さんが何を根拠にそこまで言っているのか分からないが……

「わかりました。とりあえず燈子先輩に言ってみます」

この場ではそう返すしかなかった。

四　勉強会にて

俺はベッドの上でゴロゴロしていた。

試験勉強をしなくちゃならない……はずだが、別の事で頭が一杯だったのだ。

それは「燈子《とうこ》先輩の事」。

昼間、中崎《なかざき》さんから「燈子先輩をスキー合宿に参加するように説得してくれ」と頼まれた。

彼女は現時点では合宿に参加しないと言っているらしいのだ。

理由は「Xデーのリベンジ計画」にあるという。

……でもそれを無理やりスキーに誘うのって、燈子先輩に嫌な思いをさせる事にならないかな……

そう考えるとあんまり気が進まない。

だが昼間の中崎さんの困り切った様子を思い出すと、何もしない訳にはいかないと思う。

中崎さんはいい人だし、Xデーの件でもお世話になっているからだ。

……あんなイイ人が、なんで鴨倉《かもくら》みたいなヤツと友達なのかな……？

俺は以前からそれが少し不思議だった。

もっともあの鴨倉と友達でいるには、中崎さんくらい面倒見のイイ人でないと務まらないかもしれないが。

そして俺にはもう一つ、中崎さんに頼まれた事以外にも燈子先輩に連絡を取りたい理由があったのだ。

『二人だけのやり直しのクリスマス』の件だ。

もう少し正確に言うと、春休みが始まってしまう前に、燈子先輩の予定を押さえておきたいのが本音だ。

あとディナーに誘うんだから、燈子先輩の食事の好みとかも聞いておきたい。

お店だってどんな雰囲気の店がいいのか、知っておきたいし。

ナイト・イルミネーションの場所も決めないとならない。

「ウダウダしてても仕方がない。連絡すっか」

俺は上半身を起こすと、ベッド脇に置いたスマホに手を伸ばした。

＞（優《ゆう》）すみません、ちょっといいですか？

数分と経《た》たずに燈子先輩からの返信がある。

＞（燈子）いいよ、なに？　相談ごと？

俺はそれを見て苦笑した。

燈子先輩は俺が突然連絡してくる時は、何か悩みがあると思っているんだろうか？

＞（優）そんな深い話じゃないんですけど、『やり直しのクリスマス』の事です。燈子先輩は何が食べたいかなと思って。

＞（燈子）何でもいいよ。一色《いっしき》君の好きなもので。私は特に嫌いな物とかはないから。

＞（優）それだと俺が決められないんで。せめて和食、フレンチ、イタリアン、中華とかジャンルだけでも教えてくれませんか？　別に肉系とか魚系とか、そういうのでもいいです。

＞（燈子）そうだね。ジャンルは何でもいいんだけど、ゆっくり出来る所がいいかな？せっかくだから会話を楽しめるお店とか。

その返事に俺は心が弾んだ。燈子先輩は俺と話したいと思ってくれている、って事だろ？

＞（優）わかりました。あんまり騒がしくないお店を探しますね。日程はどの辺りがいいですか？

しばらく間が空く。

＞（燈子）試験が終わるのが二月頭だけど、第二週くらいまでは家庭教師のバイトで忙しいの。その後くらいがいいかな？

俺は考えた。だがその時期だとサークルのスキー合宿に引っ掛かるんじゃないか？

＞（優）それで少し聞きたい事があるんですけど、燈子先輩はスキー合宿に参加しないんですか？

また少し間が空く。

＞（燈子）誰かに聞いたの？

＞（優）今日、中崎さんから聞きました。

またもや間が空いた。

＞（燈子）Xデーの事が噂になっているしね。あんまり好奇の目で見られるのもね。ちょっと参加しづらいかな、と思って。

＞（優）やっぱり、俺のせいですか？

これにはすぐに返信があった。

＞（燈子）そんな事ないよ！　一色君のせいなんかじゃない！　私の気持ちの問題だから、一色君は気にしないで！

＞（優）でも燈子先輩をそんな気持ちにさせながら、俺だけ合宿に行くとか、そんな気になれないです。

＞（優）俺もやめようかな。

＞（燈子）そんな風に考えないで！　一色君は参加しなよ。スキー合宿は初めてでしょ。楽しいよ、きっと。

＜（優）じゃあ『やり直しのクリスマス』の日程の件とかも含めて、少し話をできませんか？　そんなに時間は取らせませんから。

＜（燈子）そうだね、少し話し合った方がいいかもね。

＜（燈子）私、明日は図書館で宗教学Ⅱの本を借りて少し勉強をするつもりだったの。その話をした後で、少し二人で一緒に勉強する？

これは願っても無い提案だ。燈子先輩と一緒に試験勉強デート！

＜（優）是非とも！　俺、宗教学が苦手なんですよ。授業を聞いていてもあまり頭に入って来ないし。どうしようかと思っていたんです。

ウチの大学はキリスト教系という事もあって『宗教学』が一年二年では必修になっている。

これが論述式の試験なのだ。宗教に全く関心がない俺としては、もっとも単位がヤバイ科目の一つだ。

＜（燈子）だったら丁度良かったかも！　それじゃあ四時限が終わったら図書館前で待ち合わせね。

＜（優）わかりました。よろしくお願いします！

ヨシ！　俺はスマホを閉じると小さくガッツポーズをした。

こうして俺は、燈子先輩との初めての『試験勉強デート』をゲットしたのだ！

翌日、俺と燈子先輩は四時限目の授業が終わった後、図書館の入口前で落ち合った。

試験前のため学生の数は多いが、みんな資料集めで忙しいらしく、それほど俺たちに注目する人はいなかった。

中に入ると燈子先輩はさっそく本を選び始めた。

「ウチの大学は元がカトリック系の修道会だからね。だからキリスト教を中心としたヒューマニズムとか倫理観について論述を求められる問題が多いの」

そう言って何冊かの本を選び出してくれる。

「これ、全部読むんですか?」

思わず目を丸くする。試験は他にも沢山あるのだ。

というか専門分野の科目に注力したいし。

一般教養の、しかも宗教学にそこまでの時間は割けない。

「そんな無理は言わないわよ。この中でポイントとなる部分があるから、そこを主に読んでおいてって意味」

「そうだったんですね」俺はホッとした。

「俺、あんまり授業を聞いていなかったんですよ。この講義を聞いているとどうしても眠くなっちゃって」

「男子はそういう人が多いみたいね。大丈夫、私が後でポイントとなる部分は教えてあげる。一年の時、私は宗教学はS判定だったの。任せておいて」

燈子先輩はそう言って明るく笑ってくれた。噂《うわさ》の事など気にしていないような笑顔だ。

他にも専門分野の参考書を何冊か借り、俺たちは図書館を出た。

「じゃあこの後、ファミレスかコーヒーショップにでも入って、一緒に勉強していく？」

「はい、お願いします。あ、コーヒー代くらいは俺が出しますね」

「そんな事に気を使わなくていいのに」

「いいえ、情報工学科二年トップレベルの燈子先輩に家庭教師を頼むんですから、それくらいは当然です」

「アハ、報酬付きなら私もしっかり教えないとならないね」

燈子先輩とこういう会話をするのも久しぶりだ。

授業の終了時間とずれているため、周囲に学生は少ない。よって、俺たちに注目する人もいない。

俺が幸せな気分で燈子先輩と一緒に正門を出ようとした時だ。

「優さん！」

突然、そう呼び止められた。

声のする方を見ると……明華《めいか》ちゃんだ。

「明華ちゃん？」

怪訝《けげん》な声が漏れる俺に、明華ちゃんは小走りで近づいて来た。

「ここで優さんを待ってたんですよ！　お兄ちゃんにメールしたら『優はまだ大学にいるはずだ』って言うのに、中々出てこないから心配になりました」

「明華ちゃん、どうしてここに？」

「この前、一緒に勉強するって約束だったじゃないですか！　でもぜんぜん連絡がないから、買い物のついでに優さんの大学まで来たんです！」

明華ちゃんは寒さのせいで赤くなった頬《ほお》を膨らませてそう言った。

そして燈子先輩を横目で窺《うかが》うかのように見る。

「もしかして、桜島《さくらじま》燈子さんですか？」

その言葉は俺に対する質問だ。

「ああ、そう。俺たちの大学の先輩で桜島燈子さん。高校の先輩でもあるんだ。燈子先輩、こちらは石田《いしだ》の妹で明華ちゃん。市川《いちかわ》女子学院の二年生です」

「市川女子学院の？」燈子先輩はそう言った後で、ニコッと笑った。

「初めまして。桜島燈子です。お兄さんには色々とお世話になっています」

「はじめまして、石田明華です」

明華ちゃんはペコリと頭を下げた。だが口調が少し固い。

「優さん、どこで一緒に勉強します？　数学で解《わか》らない所があるんです」

明華ちゃんは俺の手を取ると引っ張るような仕草をした。

「明華ちゃん、その話だけど、また今度じゃダメかな？　今日はこれから燈子先輩と一緒に試験勉強をしようと思っているんだ」

するとと明華ちゃんはショックを受けたような顔をして俺を見上げた。

「この前、勉強を教えてくれるって、約束したのに……」

「いや、だから教えないって言ってる訳じゃなくって。また今度、別の日にしないかって事なんだけど」

明華ちゃんはその大きな目をウルウルさせて泣きそうな顔をした。

さすがに罪悪感が込み上げて来た時だ。

「一色君、良かったら明華さんも一緒に行くのはどうかしら？　別に私たちの試験勉強だってベッタリ一緒に問題を解く訳じゃないんだし。明華さんが解らない所を質問するくらい影響ないんじゃない？　ここまで来てくれたのに可哀《かわい》そうよ」

燈子先輩はそう言って明華ちゃんの方を見た。

「どうかな、明華さん。三人で一緒に勉強するのでいい？」

明華ちゃんはチラッと俺を恨めしそうな目で見たが、黙って頭を縦に振った。

俺と燈子先輩、明華ちゃんの三人は近くにあるファミリーレストランに入った。

燈子先輩が俺の正面、明華ちゃんは俺の隣に座る。

燈子先輩と明華ちゃんはケーキとドリンクバイキングのセット、俺はパンケーキとドリンクバイキングのセットを頼む。

「あまりダラダラやっても仕方がないから、一緒に勉強するのは二時間としましょう」

燈子先輩の一声でそう決まった。

さっそく俺と燈子先輩は宗教学（俺はⅠで燈子先輩はⅡだが）、明華ちゃんは数学２Bのテキストを広げる。

俺は『燈子先輩が一年の時に使った宗教学のノート』を見させて貰《もら》っていた。

「あの燈子先輩、ここの『宗教と社会との倫理性における違い』ですけど、これって何を答えるんですか？」

「えっと、どれかな？　あ〜私はこれは次のページの章について書いたかな。宗教的タブーと法による抑止みたいな……」

資料を覗《のぞ》き込んだ燈子先輩の頭と、俺の頭が近くなる。

「いいですね。同じ大学の先輩後輩同士で、そうやって勉強会が出来るのって」

明華ちゃんは肘をテーブルにつき両手で下あごを支えるようにして、笑顔でそう言った。

だけどなんだか固い感じの笑顔だ。

「しかも燈子さん、噂通りキレイな方ですもんね。優さんも幸せですね、身近にこんなキレイな先輩女子がいて」

突然の明華ちゃんのその発言に、俺はどう返していいのか解らなかった。

というか、なぜこんな事を言い出したんだろう。

「そう？　ありがとう」

燈子先輩はニッコリ笑ってそう返した。

そんな燈子先輩を明華ちゃんはジッと見つめる。

「燈子さんってきっとモテモテなんでしょうね。羨ましいです」

「別にそんなことないけど。明華さんだって可愛《かわい》いじゃない。男の子が放っておかないと思うけど？」

「私はダメです。中学時代は気が強くて男子に怖がられていたし、高校は女子校だから出会うチャンスがないですし」

「私も性格がキツくて、男子からは敬遠されていたわ」

「そう見えないです。ウチの兄も言ってました。『燈子先輩はみんなのアイドル、いや女神様だ』って。『女神』なんて単語、よっぽどじゃないと使わないですよね」

燈子先輩は無言の笑顔を明華ちゃんに向けた。

『女神』が気に障ったのは間違いないが、俺以外の人にはそれは解らないだろう。

「それに燈子さんは高校も男女共学じゃないですか。モテないはずがないですよね」

「そうだったらいいんだけどね」

「そうに決まってますよ。今まで何人くらいと付き合ったんですか？」

燈子先輩、顔は笑っているけど黒いオーラが発せられているような気がする。

「ノーコメントで」

「答えられないくらい、色んな男性と交際してたんですか？」

明華ちゃん、もうそれ以上は言っちゃダメだ！

彼女は無邪気に突っ込んでいるつもりかもしれないが、そこは燈子先輩としてもイジられたくない部分だ。

俺は冷や汗が出るような気がした。

「私はまだ、男の人と付き合った事ってないんです。参考のために今度ぜひ燈子さんの恋バナを聞かせて下さい。私も燈子さんみたいな素敵な女性になりたいです」

「おそらく明華さんの期待には応えられないと思うけど。それより今は勉強に集中しましょう。そのために明華さんも来たのよね？」

燈子先輩は普段と変わらぬ調子でそう言った。

だけどコレ、もしかして相当に怒っているのでは……

「明華ちゃん、解らない所があるんだよね？　俺に聞きたいのってどこかな？」

俺も話の流れをぶった切るために、会話に割り込んだ。

「そうですね！　それで解らない所が……」

明華ちゃんは問題集を開いて俺の前に差し出した。

「優さん、ココ解らないんですけど。この数列の問題！」

燈子先輩は席に座り直して自分の勉強に向かう。

俺は話題が切り替わった事に内心ホッとしながら、「どの問題？」と明華ちゃんに尋ねる。

「この305番の問題です。『以下の数列は特定の決まりの塊に分けられる。それぞれの塊を第n群とした時……』って、どうやって解くんですか？」

う、俺は理系で数学は得意な方だが、唯一数列だけはあまり得意じゃないんだ。

「え〜っと、ちょっと待っててね」

俺はルーズリーフを一枚取り出し、問題を解き始めた。

「こういう群数列の問題は、それぞれの群の最初の数字に注目するんだよ。それだけ取り出すとこんな感じの数列になるでしょ。だから……」

俺は一番、二番の問題はスラスラと解けた。

だが三番目の問題で詰まってしまう。数列の規則性が思い浮かばない。

「どんな問題なのかな？　良かったら私にも見せてくれない？」

俺の雰囲気を察したのか、燈子先輩がそう声をかけてくれた。

「この問題です」

俺はそう言って問題集を差し出した。

燈子先輩はしばらく問題を見つめると、紙を取り出して明華ちゃんに説明を始めた。

「これは群によって数列が違うみたい。奇数群と偶数群で一般項が違うんじゃないかな」

燈子先輩はそう言って俺の続きを解説してくれる。

だがそれを聞いている明華ちゃんは、少し微妙な表情で燈子先輩を見ていた。

「すみません、ありがとうございました」

解説が終わった燈子先輩に俺が礼を言うと、

「別にお礼言われるほどの事じゃないから。誰にだって度忘れって事はあるよ」

と笑って答える。

そう言って貰えると心理的に助かる。

もちろん燈子先輩の方が成績がいい事は解っているし、対抗する気なんてないんだが。

俺は焦ったせいか、急に便意を催して来た。コーヒーの飲み過ぎもあるかもしれない。

「すみません、ちょっとトイレ」

俺はそう言って席を離れた。

俺たちの座っていた席は、トイレから出るとちょうど仕切りで見えない位置にあった。

俺が戻ろうとした時だ。

「燈子さんは優さんの事をどう思っているんですか？」

明華ちゃんの声が聞こえた。

思わず俺の足が止まる。いったい、何を話しているんだ？

俺はそうっと仕切りと観葉植物の間から、二人の様子を覗いてみた。

「どうって……仲のいい後輩だと思っているわ」

燈子さんが気圧《けお》されたような感じで、そう答える。

「本当にそれだけですか？」

明華ちゃんが念押しするように尋ねる。

「そうね、今はそれ以上の事は何もないわ」

俺はその言葉を聞いて微妙な気持ちだった。

――『仲のいい後輩』『それ以上の事は何もない』――

燈子先輩はハッキリと俺との特別な関係を否定しているのだ。

だけど『今は』とも言っている。これはつまり『この先は期待できる』とも受け取れる。

俺はさらに聞き耳を立てた。

明華ちゃんも同じ事を感じたらしい。

「『今は』って言ったって事は、この先は優さんと特別な関係になるかもしれない、って事ですか？」

「先の事なんて誰にも解らないでしょう？」

燈子先輩は落ち着きを取り戻したのか、そう言ってコーヒーを口にした。

少しの間があり、再び明華ちゃんが口を開く。

「燈子さんは優さんと一緒に、『浮気した相手への仕返し計画』を実行したんですよね？」

「誰に聞いたの？」

「兄に聞きました」

「どんな風に聞いたのかしら？」

「優さんの彼女が燈子さんの彼氏と浮気をしていたって。それで優さんが燈子さんに相談した時に『単なる仕返しじゃなくて、二人がトラウマになるくらいの復讐《ふくしゅう》をしよう』って持ち掛けたって。それでクリスマス・イブのサークルのパーティで、皆の前で二人の浮気を暴露して絶縁宣言したって聞きました」

「そうね」

「優さんは以前から燈子さんに憧れていたって聞きます。その上『彼女に浮気された』って時に一緒に戦ってくれる女性がいたら、その人に好意を持つのは当然だと思います。でも燈子さんは、その後も優さんと付き合っている様子はない。これって燈子さんは優さんと同じ立場でありながら、優さんには気持ちがないっていう事ですよね？」

「ずいぶん詳しく聞いたみたいね」

燈子先輩は苦笑したようだ。

「ごまかさないで下さい！」

「ごまかしてなんかないわ。それで明華さんは私に何を言いたいのかしら？」

「燈子さんの気持ちです。今日の様子を見ていても、燈子さんは優さんを恋人としては見ていない。だけど優さんを諦めさせるほど突き放してもいない。『友達以上、恋人未満』にずっと留《とど》め置いているように感じるんです」

燈子先輩は黙ってそれを聞いていた。再びコーヒーに口を付ける。

「優さんは前の彼女に浮気されたという事で傷ついています。きっと寂しいんだと思います。それなのにこの上、燈子さんが『優さんと付き合う気はない。だけど優さんを手放したくもない』って言うなら、優さんが可哀《かわい》そうです。優さんの気持ちを弄んでいます！私はそれは許せません」

「……そう」

燈子先輩はコーヒーをテーブルに戻した。

「じゃあ私が『一色君が好きです』って言ったら、明華さんはどうするの？」

明華ちゃんの怯《ひる》んだ様子が伝わって来た。だが即座に反撃に出る。

「燈子さんがどうであろうと、私の気持ちは変わりません。だから私の思いをそのまま優さんにぶつけるだけです！」

え、明華ちゃん、一体なにを言おうとしている？

「それに現時点で燈子さんは優さんと付き合ってはいないし、優さんの気持ちに気づいていながら何も行動していない。それなら私の方が想《おも》いは強いと思っています。私が優さんの彼女になっても、何の問題もないですよね？」

「そうね、そうかもしれないわね……」

それきり二人の会話が止まった。

俺の方も、思わぬ明華ちゃんの言葉に驚いていた。

……明華ちゃんが俺の彼女になるって……？

この前からの彼女の急接近はそういう事だったのか？

でも、何でこんなにいきなり……

そこで俺は以前に、石田が「明華は優に気があるんだよ」と言っていた事を思い出した。

あの時はそこまで真剣に聞いていなかったけど、まさかこんな事になるとは。

俺はいったん頭をクールダウンさせるため、トイレに戻った。

今すぐに出ていくのも不自然だしな。

頃合いを見て再びトイレを出る。

出来るだけ大きな音を立てて扉を閉めて、だ。

「あ、すみません」

いかにも『いま戻りました』という顔をして席に座る。

燈子先輩が時間を見た。

「もうそんな時間ですか。じゃあ今日はここまでで」

「そろそろ二時間経《た》つわね。もう出ましょうか？」

俺たちは広げた教科書やノートをカバンに仕舞《しま》って帰り支度をした。

その時だ。明華ちゃんが何でもないかのように口を開いた。

「優さんたちのサークル、今度スキー合宿があるんですよね？」

「うん、そうだけど」

「今年は人が集まらないから、兄妹《きょうだい》でも参加していいって聞きました。だから私も参加する事にしました」

俺はその事を既に知っていたから別に驚かない。

しかし燈子先輩は「えっ？」という顔をしていた。かなり意外そうだ。

「楽しみにしています」

明華ちゃんは強張《こわば》った感じの笑顔でそう言うと、乱暴にカバンを手にした。

帰りの電車の中は、燈子先輩、俺、明華ちゃんの順に並んで立っていた。

電車が混んでいたせいもあるが、三人とも無言のままだ。

いや、俺に関しては『二人の妙な緊張感に挟まれて、話す事ができなかった』と言うべきか。それに俺は『さっきの二人の会話を知らない』はずなのだ。余計な事は言えない。

間もなく幕張《まくはり》駅に到着するというアナウンスが流れた。俺と明華ちゃんはここで降りる。

「それじゃあ燈子先輩、今日はありがとうございました。失礼します」

「失礼します」

俺に続いて明華ちゃんもそう言うと、「あ、ちょっと」と燈子先輩が俺を引き留めた。

「今日ってスキー合宿の事も話すつもりだったんだよね？」

「あ、そうでしたね」

明華ちゃんが現れたため、その件と『やり直しのクリスマス』の事を話す機会を失っていた。

「私もやっぱりスキー合宿に参加するわ」

それを聞いて、明華ちゃんが鋭く燈子先輩を振り返ったのが見えた。

そんな明華ちゃんに対して、燈子先輩は笑顔を向ける。

「明華さん、その時にまた会いましょう。よろしくね」

「こちらこそ、よろしくお願いします」

怒ったような口調でそう言うと、明華ちゃんはそのまま列車を降りていった。
俺は何も言う事ができず、急いで電車を降りた。

五　敵を知り己を知れば？

「ふぅ～」

俺は立ち樹《き》を背にして茶色くなった芝生の上に座ると、手にした缶コーヒーを開けて大きく息を吐いた。

今日で最後の試験が終わった。大学生にとって年二回の試験期間は、もっともストレスの溜《た》まる時期だ。

その地獄の二週間からやっと解放される。

俺はグラウンド横の弓道場のそばにある、ちょっとした緑地帯にいた。

ここはあまり人が来ない。校舎のある場所からは道路を隔てているし、グラウンドの端だから運動部もここは通らない。唯一弓道部の連中は通るが、それも時折だ。

すぐ近くにお濠《ほり》があるので景色もいい。

そのため俺は、時たま気分転換にこの場所でくつろいでいる。

一人になりたい時には絶好の場所だ。

明日からは春休みだ。しばらくは大学に来る事もない。

そのため一年生最後の時間を、この場所で誰にも邪魔されず、一人ノンビリと過ごしたくなったのだ。

幸い、今日は二月にもかかわらず風もなく暖かい。

空は青く晴れていて空気が澄んでいる。

近くの濠に向かうのか、水鳥が飛んでいくのが見えた。

……思えばこの一年、色んな事があったよなぁ……

この大学に合格して、石田《いしだ》と一緒に喜びあった事。

『憧れの燈子《とうこ》先輩もこの大学に通っている』という事で、二人して「燈子先輩に告白するぞ」なんて息巻いていた事。

そのために燈子先輩のいるサークルに入ったが、既に鴨倉《かもくら》と付き合い始めたと聞いて石田と嘆き合った事。

その後、生まれて初めての彼女・カレンと出会い、そして付き合うようになった事。

カレンとの楽しかった日々。

そのカレンが鴨倉と浮気している事を知った夜。

そうして俺は……絶望のあまり燈子先輩に言ったんだ。

「俺と浮気して下さい」って。

だが燈子先輩が示したのは「相手がトラウマになるレベルで振るという復讐」だった。

その後、俺と燈子先輩はクリスマス・イブのパーティを復讐決行の日と決めて……ついに実行した。

サークル全員の前でカレンと鴨倉の浮気を暴露したのだ。

カレンはその本性を暴かれ、鴨倉は大勢の前で燈子先輩に痛烈にフラれた。

燈子先輩に「今夜は一色《いっしき》君と過ごす」とまで言わせるオマケ付きで。

とは言うものの、俺と燈子先輩がどうにかなった訳でもなく、俺は高校時代と同じように少しでも彼女と一緒にいられるチャンスを狙っている。

改めて考えてみると、俺としては激動の一年だった。

高校までの全人生を合わせても、こんな刺激的な事件の連続は無かった。

……この後にはスキー合宿があるんだよな。そこに明華《めいか》ちゃんも来るって言うんだけど、どうなることやら……

そんな事を考えながら俺は、昨日まで試験勉強であまり寝ていない事と、陽《ひ》の暖かさの両方でいつの間にかうつらうつらとしていた。

「……でもぉ、そこはちゃんと考えて貰《もら》わないとぉ」

女性の声が聞こえる。ちょっと甘えた感じの話し方だ。

「俺たち協議会も十分に根回ししているから」

「票も偏らないように配慮するし」

複数の男性の声がする。

「こっちも色々と準備とかあるしぃ」

どうやら複数の男女で何かを話し合っているようだ。

俺は夢心地の中で、聞くともなしにその会話を聞いていた。

女の甘ったるい声には、どこか聞き覚えがある。

「『ミス・ミューズ』は今までのミスコンとは違ったものなんだ」

「それを盛り上げるためには、ぜひ桜島《さくらじま》燈子さんには参加してもらいたいんだよ」

……桜島燈子、だって……

俺は半覚醒状態から薄目を開けて声のする方を見た。

三人の男女が話している。

「それは大丈夫だよぉ。私の方で考えがあるから」

「わかった」「じゃあよろしく頼むよ、カレンちゃん」

……カレン？

俺はその言葉で眠気が吹っ飛んだ。改めて三人をじっくりと見る。

男二人は斜面を登って立ち去っていく所だ。

女の方は俺のいる場所に向かって歩いて来る。

女に視線を凝らすと……間違いない、カレンだ！

俺には気づいていないらしい。

思わず俺は背にしていた樹から身体《からだ》を起こした。

カレンはそれで初めて俺に気づいたらしい。

目を丸くして俺を見る。

「なんでアンタがココにいるのよ！」

カレンは露骨に嫌そうな顔をする。

「そりゃコッチのセリフだ。オマエこそなんでこの場所に来たんだよ」

おそらく同じくらい、いやそれ以上に俺は嫌な顔をしていただろう。

付き合っていた頃だってこんなに偶然会う事なんて無かったのに、なぜ別れた後になってこんな短期間に二回も会うんだ？

「アタシは……」

そう言いかけてカレンは言葉を途中で止めた。警戒するような目で俺を見る。

「先にソッチがココにいた理由を言いなさいよ。もしかしてアタシの事をストーカーしてるの？」

「ハァ？」俺は呆《あき》れて聞き返した。

「なんで俺がオマエをストーカーしなきゃならないんだ？　出来ればこの先一生、オマエと顔を合わせたくないよ。頼まれたってオマエの後をつけるなんてゴメンだ」

「言ってくれるじゃない。それならどうしてこんな所にいるのよ」

「ココは俺のお気に入りの場所なんだよ。今日は試験も終わって学校に来るのは最後だから、少し一人になりたいと思ったんだよ」

「ア、アタシだって同じだよ。この場所は誰も来ないから、少し一人でノンビリしたいと思って来ただけよ。それなのにまさかアンタに会うとは……最悪だわ」

「さっきの連中は何なんだ」

俺がそう尋ねると、カレンは戸惑った様子で顔を背けた。

「なんだっていいでしょ。アタシがどこで誰と会っていようが、アンタには関係ない話じゃない。説明する必要ある？」

「燈子先輩の名前が出ていたみたいだが？」

「知らない。聞き間違いじゃないの？」

カレンはそっぽを向いたまま、関心がないといった感じで言い放つ。

絶対に何かある……俺はそう思った。

しかしコイツがこうなったら、もう何も喋《しゃべ》る事はないだろう。

「わかった。もういい」

そう言って俺は立ち上がった。

「それなら俺の方は消えるとするよ。じゃあな」

顔をしかめて腕組みするカレンの前を、俺が通り過ぎようとした時だ。

「……ちょっと」

カレンが少しためらいがちに声をかけて来た。

「なんだよ、まだ何か俺に用か？」

「別に用ってほどじゃないけど、アンタに一つ借りがあったし。出来ればそれを返しておきたいのよ。これ以上アンタと関わるのも鬱陶しいし」

「別にいいって言ってんだろ。俺もオマエと関わりたくないんだよ」

カレンが横を向いた。

「それじゃアタシの気が済まないって言ってんの！　アンタのお陰で経済学の単位が取れたなんて、いつまでも引きずっていたくないから。それをチャラにしたい」

「経済学の単位、取れたのか？」

俺は意外に思ってカレンを見た。

コイツの数学の苦手さと他力本願な性格を考えると、経済学の試験は絶対に出来ていないと思っていた。

カレンがバツの悪そうな顔でコクンと頷《うなず》いた。

「アンタが教科書を見せてくれたお陰でね。授業中に先生が言ったページと公式をメモして、必死に全部覚えたらギリで単位貰える点が取れたよ」

「そっか、そりゃ良かったな」

「だから借りを作ったままにしておきたくないのよ。なんかアタシに頼みたい事とかないの？」

……カレンに頼みたい事？

俺はしばらく考えた。

別に今さらコイツに頼みたい事なんて何も無いんだが、そこまで言うなら聞いてみるか。

「じゃあ一つ教えてくれ。オマエ、『俺とのデートはつまらない』って言っていたよな。どんな点でそう思ったのか、それだけ聞かせてくれ」

「ハァ？」

カレンが微妙な表情をした。

「今さらそんな事を聞いてどうすんのよ。もしかしてアタシに未練でもあるの？」

「んな訳ねーだろ！　それこそ頼まれたってゴメンだ！」

「じゃあ何を気にしてるのよ」

俺は一瞬、言おうか言うまいか迷ったが、結局は口にした。

「今度、燈子先輩とデートするんだ。『二人でクリスマスをやり直そう』ってな。せっかくだから楽しいデートだって、燈子先輩に思って欲しい。まぁ、その参考意見の一つだ」

「『参考意見の一つ』って、他にアテがないんでしょ？」

うっ……俺は内心、言葉に詰まった。

確かに俺には他に相談できるような女の子がいない。

「まぁいいわ。そのくらいで借りが返せるなら」

カレンは満更でもない様子で言った。

「一番はデートに華が無い所かな？」

「華がない？」

「そう。『夢がない』って言った方が解りやすいかな」

カレンは若干得意そうに語り始めた。

「やっぱり女の子には夢が必要なんだよ。『この人はどんな風に私を楽しませてくれるんだろう』って感じね。期待感とか」

「俺は付き合っている時はけっこう、オマエの言う通りにしてやったつもりだけどな」

「だからそういうんじゃないんだよ。毎回デートはカラオケかゲーセン、それで最後はファミレスって……『またか』って思うようなデートじゃダメなんだよ。『次は何があるんだろう』ってワクワクする感じが欲しいんだよ、女の子は！」

「そりゃオマエだけじゃないのか？　少なくとも燈子先輩は違うと思うぞ」

カレンは肩を竦《すく》めて首を左右に振った。

「そんな事ないよ。燈子だって同じだよ。女の子だもん。女の子としてはしゃげる気持ち、女の子としてのワクワク感は期待してると思うよ。やっぱりデートにはキラキラした感じが欲しいよ」

う〜ん。カレンの言う事を全て真に受ける事は出来ないが、これはこれでなんか説得力あるな。

そう言えば燈子先輩も意外に女の子っぽい所があるし。

俺がしばらく考えていると、再びカレンが口を開いた。

「で、アンタは燈子をどんな店に連れて行こうと思ってんの？」

カレンが腕組みしたまま近づいて来た。

なんかコイツ、偉そうだな。

「まぁゆっくり出来る店って言っていたからな。フレンチやイタリアンとか……中華なんかもいいかな」

「中華？　中華はどんなお店を考えているのよ」

「え、まぁ、大きな所？　有名な店とか」

俺はとりあえずそう答えた。そんな具体的な店まで、まだ調べていない。

「はぁ〜、そういう点がアンタはダメなのよ。女慣れしてないって言うか、デートのイロハを知らないって言うか」

カレンは呆れながらも小馬鹿にしたように俺を見た。

「なんだよ、まだ俺にケチをつけたいのか？」

「ケチじゃないよ。事実を言っているだけ」

カレンは大げさに両手を広げた。

「初デートのチョイスに普通の中華を入れているのが『女慣れしてない証拠』なのよ」

「どうしてだ？」

「考えてみてよ。中華って麺類や油やとろみを使った料理が多いでしょ。しかも大皿から取り分けるから、汁ハネや汁が垂れるのに気を使うじゃん。袖口だって常に気にしないとならないし。デートの時に女はお洒落《しゃれ》をして来るんだよ？　そんな中で麺類を啜《すす》ったり、汁ハネを気にしていたら食事を楽しめると思う？」

ウッ……このカレンの指摘には、俺は反論できなかった。

確かに中華料理には麺類や油を使った料理、あんかけのような料理が多い。

これらは服に着いたらシミになって落ちにくい。

「初期のデートで焼肉は選ばないのと同じ理由だよ。まぁ小皿に取り分けるだけ、焼肉よりはマシだけどね」

「でも西洋料理だって油を使っているモノは多いし、スープとかもあるよな？」

言われっぱなしは悔しいので、そう言い返してみた。

だがカレンはさらに嘲笑《あざわら》うような目をした。

「だから西洋料理はテーブルにナプキンが用意されてるでしょ。その辺、女性をエスコートする歴史が違うんだよね、アッチは」

「じゃあどんな料理ならデートに向いているんだ？」

「まぁ無難なのは西洋料理系かな？　あと中華でも最近は西洋風なコースにしている店もあるから、そういうお洒落中華？　それと寿司《すし》とか」

「寿司？」

寿司も醤油《しょうゆ》が落ちそうだが？

「そう、寿司は一つずつ食べやすいからね。醤油がこぼれるのだけ気を付ければいいし。最近は塩で食べる所も多いから。料理も小鉢で出てくるしね」

「な、なるほど」

「なんにしても女子が嫌いな物が避けられるよう、料理の幅が広い店を選ぶ事だね。多品種少量で食べられる店。小さめの皿で食べられる料理の方が、服が汚れにくい。だから初期のデートでカレー、焼肉、普通の中華は避ける」

「ふんふん」

「当然、臭いがキツイ店もダメだよ。服に臭いが付くから。あと席もテーブル、カウンター、個室とあるけど、それは相手との関係次第かな？　相手の顔が見える方がいいならテーブル席。だけど距離は詰めにくいよね。顔を見ると緊張しちゃうならカウンター。その割りに距離も近いから案外いいかも。個室はゆっくり話せるけど、逆に女子に警戒もされるかもね」

　さ、さすがにカレン、この手の情報には詳しいな。

「まぁビストロとかバルとか選んでおけば失敗はしないんじゃない？　恋愛初心者は」

　カレンと知り合って初めて役立つ情報を貰《もら》ったよ。最後の一言は余計だが。

　だがここは素直に礼を言っておこう。

「ありがとう、カレン。参考になったよ」

「ふん、アンタが女の扱いを知らな過ぎるんだよ。まったく」

　そう言ってカレンはそっぽを向いた。

　あれ、気のせいか、ちょっと頬《ほお》が赤い気がする。

　俺はなぜか可笑《おか》しくなって、片手を挙げてその場を去った。

六　嵐の予感、サークル・スキー合宿（行きの車中で）

無事に大学の試験も終わって一週間ほど経《た》った。

その日、俺は石田兄妹《いしだきょうだい》と一緒に午後遅くに大学に向かった。

明日からの三連休を利用して、サークルのスキー合宿に行くためだ。

午後八時に大学に着くと、集合場所の教会入口前には既に多くの参加者が集まっていた。

「お〜、けっこうな数の参加者だなぁ」

石田が感心したように言う。

同じ印象を俺も持った。現時点で三十人以上いるんじゃないか？

当初、部長の中崎《なかざき》さんが「参加者が集まらない」と悩んでいたのが嘘《うそ》のようだ。

俺たちは中崎さんの姿を探した。確か出席チェックを行っているはずだ。

中崎さんは門のそばにある案内所の横で、同じく参加者である女子大メンバーの出欠をチェックしている最中だった。

俺たちは彼女たちの後ろに並んだ。すぐに俺たちの番になる。

「一色優《いっしきゆう》と石田洋太《ようた》、石田明華《めいか》の三人です」

俺がそう言うと、中崎さんは手にしたノートから顔を上げた。

「お～来たか。今回はオマエたちにも助けて貰ったな」

そう言われて俺は内心で首を捻《ひね》る。

石田は明華ちゃんを連れて来たから中崎さんの期待に応えているが、俺は何の役にも立っていない。

「中崎さんは心配していたけど、かなりの人数が集まっていますね」

俺がそう言うと、中崎さんが俺の疑問に対する答えを口にした。

「ああ、俺も焦って色んな所に声をかけたんだよ。いつもは卒業する四年生や大学院生、OBなんかには声は掛けないんだがな。そしたらみんな『燈子《とうこ》さんが参加するなら行く』って言っていてな」

……なるほど、そういう事か。

納得した俺の背中を中崎さんはポンと叩《たた》いた。

「一色、オマエのお陰だよ」

そう言ってくれるのは有難いが、燈子先輩がスキー合宿に参加するのは、本当に俺の力だろうか？

「俺も努力したんですけどねぇ」

石田が少し不満そうな顔をする。

「悪い悪い。石田にも感謝してるよ。『今年は女子高生が参加する』って事で盛り上がっている連中もいるしな」

中崎さんはそう言って笑うと、明華ちゃんの方に目を向けた。

「この娘《こ》が石田の妹か？　名前は明華ちゃんだっけ？　俺はこのサークルの部長の中崎だ。よろしくな」

「石田明華です。今回はご招待ありがとうございます。よろしくお願いします」

明華ちゃんは腰が若干引けていたが、笑顔でそう挨拶した。

中崎さんもけっこうゴツイ系の顔をしているからな。いくら笑顔でも初対面の女子高生ならビビッて当然だろう。

「しっかりした娘だな。もうすぐバスが来るから、その辺で待っていてくれ」

中崎さんはこう言うと、次の参加者の出欠を取り始めた。

「冷えるけど仕方ないな」

石田はそう言いながら、大型スポーツバッグを地面に置く。

「そうだな」

生返事を返しながら、俺は燈子先輩の姿を探していた。

だが見当たらない。まだ来ていないのだろうか。

「このまま待っていても寒いから、缶コーヒーでも買って来るよ。二人は何がいい？」

「俺も缶コーヒー。甘い系で」

「私はお茶がいいです」

「わかった」

俺は軽くランニングで自販機に向かう。

缶コーヒーとお茶を買って戻って来ると、俺たちがいた場所に人が集まっていた。

いや、よく見ると明華ちゃんの周りに集まっているのか？

「この子が今回参加の女子高生？」

「うぉ～、マジJKだ！」

「やっぱ可愛《かわい》いなぁ」

「俺らだって一年前は高校生だったろうが」

「その一年が大きいんだよ。JKは鮮度が違う」

「え、石田の妹なの？　信じられね～」

「石田にこんな可愛い妹がいたのか？」

「野獣の兄と美少女の妹か？」

すっかり人気者だ。この分なら彼女も楽しく過ごせるだろう。

「一色君」

背後からそう呼びかけられた。

振り返ってみると燈子先輩だ。

親友の加納一美《かのうかずみ》さんもいる。おそらく一緒に来たのだろう。

「こんばんは、燈子先輩。いま来た所ですか？」

「ええ」そう言って明華ちゃんの方を見る。

「明華さん、すごい人気ね」

あ、良かった。燈子先輩は笑顔だ。機嫌も良さそう。

一美さんが石田の方を見た。

「いいのか？　大切な妹が飢えた大学生の餌食になっちゃうかもよ」

石田は俺から缶コーヒーを受け取りながら、楽観的な様子で答えた。

「大丈夫っすよ。明華の王子様は決まっていますから」

「王子様って誰だ、ソレ？」

「優ですよ。妹は中学の時から優に惚《ほ》れているんです」

それを聞いて燈子先輩が微妙な表情をした。

「変なこと言うなよ」

俺が石田を咎《とが》めると、

「別にいいだろ。事実なんだから。俺は優が義弟《おとうと》になっても構わんぜ」

とまるっきり見当違いの事を言う。

コイツ、なんで燈子先輩の前で、そんな変な事を言うんだ？

「一色君も中々やるねぇ。元カノと別れたと思ったら、もう次の彼女候補がいるんだ？　しかもそれが親友の妹なんてヤルじゃん」

一美さんがイジるようにそう言う。だが心なしか目が笑ってないような……

隣ではさらに燈子先輩の表情が微妙になったような気がする。

「一美さんまで、変な事を言うのは止《や》めて下さい。俺と明華ちゃんはそんなんじゃないですよ！」

これ以上、変な誤解を生まないように否定した時だ。

「あ、あのさ、一色君」

突然、燈子先輩が割り込むように話しかけてきた。珍しいな。

「はい？」

「一色君はもう夕食とか食べたのかな？　もしまだだったら……」

「優さん！」

今度は大きな声で明華ちゃんが俺に呼びかけて来る。

その声で燈子先輩の言葉が中断された。

見ると彼女は周囲の人を押し分けるようにして、俺の方に走って来た。

俺の前で急停止すると、燈子先輩に向かって頭を下げた。

「こんばんは、燈子さん。やっぱり燈子さんもスキー合宿に参加したんですね」

「ええ、せっかくのイベントだし。みんなで旅行ってそんなに機会もないしね」

「そうですね。その『みんな』の中に、今回は私も入れて貰える事になりました。よろしくお願いしますね！」

明華ちゃんはなぜか『みんな』を強調するように言った。

そして俺の方を振り向く。

「優さん、バスでは私と隣同士になってくれますよね？」

「え、ええ？」

「知らない人と隣になるのは怖いんです。お願いします！」

そう言って俺の腕にしがみつく。

だがその様子を『明華ちゃんが燈子先輩を意識している』と感じるのは、俺の考えすぎだろうか？

俺は思わず燈子先輩の表情を窺《うかが》い見る。

燈子先輩も圧倒されたような顔をしていた。

「私、優さんの分も夕食のサンドイッチを作って来ましたから！　バスの中で一緒に食べましょう、ね！」

明華ちゃんは大きな声でそう言った。チラッと燈子先輩の方を見ながら……

それを聞いた燈子先輩の表情が変わる。だが……

「明華さんも知らない人に囲まれて不安みたいだから、一色君がそばにいてあげるしかないよね」

燈子先輩はそう言うと、クルリと俺に背を向けてスタスタと遠ざかって行った。

俺に何かを言わせる隙もない。

……なんだろう、さっきの燈子先輩の雰囲気。俺に何か言おうとしていたけど……

そんな俺の胸に、一美さんが軽い肘打ちを喰《く》らわせた。

「嵐の予感だねぇ、一色君」

一美さんはニヤリと笑って燈子先輩の後を追う。

だけどやっぱり目は笑っていなかった。

そして明華ちゃんは俺の腕にしがみついたまま、まだ燈子先輩を睨《にら》んでいる。

俺の肩がポンと叩かれた。

「嵐の予感だねぇ、一色君」

石田が一美さんの口真似《くちまね》をして、やはりニヤリと笑う。コイツの目は本当に笑っている。

……なんだよ、オマエまで。何が言いたいんだ。

俺は困惑しつつもジロリと石田を睨んだ。

午後九時前にバスが到着した。想像より立派な観光バスだ。

「旅行会社に就職したＯＢが安く手配してくれたらしいぞ」

後ろで誰かがそう話しているのが聞こえた。

「優さん、早く乗りましょう！」

明華ちゃんがそう言って、俺の腕を引っ張ってバスに乗り込もうとする。

「え、そんなに急がなくても」

俺がそう言いかけた時、明華ちゃんがチラッと後方を振り返った。

その視線の先を追うと……燈子先輩がいた。

まだバスに乗ろうとはしていない。後ろの方から席が埋まるとすると、燈子先輩たちは前の方の座席になるだろう。

「私、車酔いするかもしれないから、後ろの方がいいんです」

明華ちゃんがそう言って急《せ》かす。

こう言われては断る事もできない。

「石田も、早く来いよ！」

俺は石田に呼びかけた。石田が「ヤレヤレ」といった表情で後に続く。

「明華ちゃん、酔うかもしれないなら窓際の方がいいんじゃない？」

俺がそう言うと明華ちゃんは首を左右に振り、

「トイレに出やすい方がいいんで、優さんが窓際に入って下さい」

と言って俺を二列シートの窓際に押し込み、自分は蓋をするように通路側に座った。

「俺はどこに座るんだ？」

石田が間抜けな顔でそう聞く。

「お兄ちゃんは前の席に座っていれば？　別に補助シートでもいいけど」

明華ちゃんの素っ気ない返答に「マジかよ」と呟いて前の座席に座った。

全員がシートにつき、最後に中崎さんが乗り込むと「全員乗っているな？　それじゃあ出発するぞ！」と呼びかけた。

一番後ろはＯＢ連中が座っている。

俺と明華ちゃんは後ろから三列目の右側、石田はその前の席に国際教養学部のヤツと一緒だ。

ちなみに燈子先輩は前から三列目の右側に一美さんと一緒に座っていた。

バスが動き出すと、明華ちゃんがスマホを取り出した。

「バスの中の時間って長いんですよね？　一緒にゲームでもしません？」

「いいね、でも一緒にって何のゲームをやるの？」

「私の学校で対戦型のパズルゲームが流行《はや》っているんですよ。それなんかどうです？」

「解った、じゃあそれにしよう」

俺はさっそくスマホにそのゲームをダウンロードした。

割とメジャーなパズルゲームが対戦機能を備えたらしい。

「それじゃあ、行きますよ。ヨ〜イ、スタート！」

明華ちゃんの掛け声と共に、ゲームを開始する。

だが勝負は呆気《あっけ》なくついた。

素早くコンボでパズルを消した俺の圧勝だ。そしてこのゲームは取った得点の分だけ、相手にダメージを与える事が出来る。

「い、今のはなしです！　私の方のパズルの位置が悪かった！　もう一度やりましょう」

だが二回戦もあっさりと俺が勝つ。

「も、もう一回、もう一回やりましょう！」

ゲームで負けた事がよっぽど悔しいのか、明華ちゃんはその言葉を何度も繰り返した。

……明華ちゃん、不死鳥《フェニックス》モードに入ってるな……

誰が言いだしたのかは忘れたが、俺の仲間内ではゲームにしろ麻雀《マージャン》にしろ、負けても負けても「もう一回」と言い出すヤツを『不死鳥モード』と呼んでいる。

不死鳥が死ぬ時は炎に飛び込んで自らの身体《からだ》を焼くそうだが、その灰の中から新たに生まれ変わる、という伝説に掛けている。

俺が笑いを堪《こら》えていると、明華ちゃんが目ざとくそれを指摘した。

「なんで笑っているんですか！」

「いや、見かけによらず明華ちゃんは負けず嫌いだよなって思って」

明華ちゃんはブスッとした感じで「もう一回やりますよ！」と宣言した。

だが一分後……

「ああっ、また負けた！」

「これじゃあ何度やっても俺には勝てないね」

俺が笑いながらそう言うと、明華ちゃんは心底から悔しそうな顔をする。

「んんん、優さん、ちょっとは手加減しようとか思わないんですか？」

「ふっふっふ、明華ちゃん。俺はゲームに関しては、女子供とは言え容赦はしないタイプなんだ」

「優しくない！　今日の優さんは普段の優さんと違って優しくないです！」

明華ちゃんが半分癇癪《かんしゃく》を起こしたようにそう言うと、真後ろに座っていた二年生が声をかけて来た。

「なんだぁ一色、女子高生をイジメてるのか？」

「そんな訳ないでしょ。ゲームですよ、ゲーム」

「明華ちゃん、一色がイジワルするなら、俺が代わりに一緒に遊ぼうか？」

だがそれに対し、明華ちゃんが明るく答える。

「いえ、大丈夫です。強い相手の方が私は燃えるんです。それにこういう普段と違う優さんもアリなんで」

「え、それで行くと俺はナシなの？」

二年生がそう言ったのに対し、明華ちゃんは無言の笑顔で答えた。

俺はそんな様子がおかしくて、二年生に解《わか》らないように笑いを抑える。

すると今度は斜め後ろの二年生が、明華ちゃんに声をかけて来た。

「明華ちゃんはさ、高二だっけ？」

「はい、そうです」

「どこの高校に通っているの？」

そう聞いたのは真後ろの席の二年生だ。

「市川《いちかわ》女子学院です」

明華ちゃんは少し警戒した感じで答える。

「アレ、市川女子学院って、誰かがその学校の卒業生だったよな？」

「来年受験でしょ。やっぱウチの大学を受けるの？」

「そのつもりですけど、私の今の成績じゃ城都《じょうと》大《だい》は難しいかなって」

「それならさ、俺が勉強を見てあげるよ。時々大学に遊びにくればいい」

「俺も教えてあげるよ。明華ちゃんならタダで家庭教師してあげる！」

おいおい、待てよ。これじゃあまるで女子高生をナンパするサークルみたいじゃないか。

「いえ、けっこうです。私は優さんに勉強を見てもらう約束をしているので！」

明華ちゃんは笑顔でキッパリと断った。

「なんだぁ、明華ちゃんも一色のツバが付いているのかぁ〜！　一色ばっかりなんでこんなにモテるんだ？」

「明華ちゃん、一色はけっこうアブナイからやめた方がいいよ」

……アブナイってなんだ？　アンタラの方がよっぽど危ないだろ……

「そんな事ないです。優さんは優しい人です。危ない事なんてありません！」

明華ちゃんが怒ったようにそう言うと、通路の反対側にいた美奈《みな》さんが「アハハ」と声を上げて笑い出した。さらにその隣に座っているまなみさんも同じように笑っている。

美奈さんとまなみさんはサークルの中心的メンバーだ。彼女たちとは燈子先輩の紹介で、ケーキバイキングの時に知り合って以来、仲良くしてもらっている。

「アンタたちよしなよ。明華ちゃんが困っているじゃない」と美奈さん。

「そうそう、女子高生にフラれたからって、一色君に八つ当たりしてもしょうがないでしょ」

とまなみさん。

「おお、ここにも一色の味方がいるのか？」

「鴨倉《かもくら》さんがいなくなってやっと俺たちにも春が来たと思ったら、今度は一色の時代かよ」

それに対し美奈さんがツッコむ。

「いやいや、アンタたちに春が来ないのは、別に一色君のせいじゃないから。それは自分の魅力の問題だから」

相変わらず遠慮がない物言いだなぁ、美奈さん。

「それじゃあ今から心理テストをします。明華ちゃん、一色君、質問に答えてね」

なぜか突然にまなみさんがそう言いだした。

「心理テスト？　何の心理テストですか？」

それに対し、まなみさんはイタズラっぽく笑った。

「まあまあ、それは最後に答えを聞いてからのお楽しみ。それからあまり深く考えないで、パッと頭に浮かんだ事を答えること。それじゃあ行くよ」

なんか勝手に始められた感があるが、まあいいだろう。どうせヒマだし。

「あなたは山にハイキングに行く事にしました。遠くの高い山と近場で楽しめる低い山、どっちに行きますか？」

「近場の低い山にします」と明華ちゃん。

「俺は遠くの高い山ですね。景色が良さそうだし」

まなみさんが満足そうに頷《うなず》いた。

「では第二問。ハイキングに行くのに、緻密に計画を立てますか、ノリと雰囲気で楽しみますか？」

「え〜と、雰囲気を楽しみたいかな。いや、でも高い山だからちゃんと計画を立てるかな」

「私はノリと雰囲気で楽しみます」

続いてまなみさんは「山で最初に出会った動物は？　その次に出会った動物は何？」と質問して来る。

それに対し俺は「最初は犬、次はシカ」と答えた。

明華ちゃんは「ウサギ、サル」が答えだ。

「では第四問。山道の途中で崖がありました。その崖の高さは？」

「道の途中で崖ですか？　う〜ん、ギリギリ登れるかどうかのけっこう高い崖かな」

「私は山道の途中にあるんだから、そんなに高くない二〜三メートルの崖だと思います。あ、でも石とかいっぱいあって障害物が多いような……」

なぜかまなみさんはそこでニンマリとした。

「第五問。山には泊まる事が出来る山小屋があります。その場所は、山の麓、真ん中くらい、山頂近く。そのどこにありますか？」

「山頂の近く、じゃないでしょうか？」と明華ちゃん。

「俺は中腹くらいかと思った。あ、それよりちょっと上かな」

「第六問。あなたは山小屋の中に入りました。山小屋の中では蠟燭《ろうそく》に火が灯《とも》っています。蠟燭の数は何本ですか？」

「三本くらいですかね」と俺。

「私もそのくらいかな」と明華ちゃん。

「最後の問題です。山小屋の壁には絵が掛かっています。どんな絵ですか？」

「キレイな服を着たお嬢様の絵。でもちょっとイジワルそう」と明華ちゃん。

女の子らしい発想だなぁ、と俺は思ったが、まなみさんはビックリしたような顔をした。

「一色君は？」

俺はしばらく悩んだ。最初に浮かんだのが『大勢の人間が女神に救いを求めている絵』だったのだが、なぜかすぐに『美少女が髭面《ひげづら》の男に攫《さら》われる絵』になったためだ。

「う〜ん、難しいですね。あえて言うなら『美少女が髭面の男に攫われる絵』でしょうか。少女は助けを求めているんだけど、黒い霧と共に男に連れ去られてしまう、そんな絵」

「それってこんな絵？」

美奈さんがスマホを検索して俺に見せた。

「ああ、こんな感じです。よく解りましたね」

俺は驚きつつも感心してそう言うと、美奈さんは当然のように答えた。

「有名な絵だよ。冥界の王ハデスが春の乙女ペルセポネを誘拐するところを描いたものだから。ところで一色君はなんで最初に『難しいですね』って言ったの？　別に難しくはないと思うけど」

「それは最初に一瞬『大勢の人が女神に救いを求めている絵』が思い浮かんだからです」

それを聞いたまなみさんが、またもやニンマリする。

「それじゃあ、これから心理テストの結果を発表します！」

明華ちゃんが期待に目を輝かせる。女の子ってこういうの好きだなぁ。

「まず最初の『近くの山か、遠くの山か』は、アナタがどんな結婚相手を望んでいるかです」

結婚相手？　どういう意味だ。

その答えはすぐにまなみさんが解説してくれた。

「『近くの山』と答えた人は、身近な所、手の届く所にいる相手を結婚相手として望んでいます。『遠くの山』と答えた人は、多少手が届かなくても理想の相手を求める事になります」

明華ちゃんが俺の方を見た。何か言いたげな感じだ。

「次に計画について。これは恋人とデートをする時、フィーリングで楽しむか、それとも計画を立てて楽しむか、という事です」

そういう事なの？

「第三問の『山で出会った動物』は一番目が自分、二番目が恋人または好きな人を表したイメージです」

それを聞いて美奈さんが納得したように言った。

「一色君のセルフイメージが『犬』、明華ちゃんが『ウサギ』かぁ、けっこう合ってるね。二番目は恋人または好きな人のイメージね。明華ちゃんの『サル』は何となく判《わか》るけど、一色君の『シカ』は誰の事かな？」

美奈さんが俺を見て口元だけで笑う。なんか嫌だな、その笑い方。

「第四問の『崖の高さ』は『自分が感じる恋愛成就への障害の高さ』です。崖が高いほど、恋愛への道が遠いと感じています！」

「私みたいに高さはなくても、障害物がいっぱいあって登りにくい場合はどうなんですか？」

明華ちゃんがやけに食いついている。そこまで真剣にならなくてもいいのに。

「きっと恋愛の成就自体には難しさは感じてないけど、障害が一杯あるって思っているのかもね」

まなみさんのニヤリと、明華ちゃんの鋭い視線の、両方を俺は感じた。

「第五問、『山小屋の位置』は、ズバリ理想の相手との歳《とし》の差、または社会的地位の差を表しています」

「明華ちゃんは年上、一色君は同じくらいかちょっと上って事だね」

美奈さんがそう解釈してニヤニヤしている。

な、なんかこの心理テスト、微妙に当たっているような気がしてちょっと怖い。

「山小屋の中の蠟燭の数は、あなたの思う親友の数、またはあなたが困った時に助けてくれそうな人の人数ですね」

そうなんだ。三人もいるかな？　二人は確定だけど。

「では最後の『山小屋の中に飾られている絵』。これはあなたが現在感じている不安を表しています」

そこでまなみさんは一度言葉を切った。

「明華ちゃんは『イジワルそうなお嬢様の肖像画』だったよね。つまりそういう人が明華ちゃんの不安のタネになっている」

明華ちゃんが居心地悪そうに目を逸《そ》らした。

「一色君は二枚の絵が浮かんだっていうのが印象的ね。最初は『大勢の人が女神に救いを求める絵』だっけ？　つまり一色君はその中の一人で、自分の願いが女神に届くか分からないって感じなのかな」

う、何とも反応しがたいな、コレ。

「次は『冥界の王に春の乙女が攫われる絵』だよね。そしてコッチが現在のメインの不安だって言える。春をもたらしてくれる誰かが、魔王に奪われてしまう事が不安なのかな」

俺はますます何も言えなくなってしまった。

この心理テスト、アンタら二人は明華ちゃんにフラれる事で決定！」

「という事で、アンタら二人は明華ちゃんにフラれる事で決定！」

なぜかそこでまなみさんは、先ほど明華ちゃんに話しかけて来た二年生二人にそう告げた。わざわざ二人を指さして、だ。

「ハッ？　なんでそこで俺たちがフラれた事になるんだ？」

真後ろの二年生がそう反論した。

「今の心理テストで解《わか》らなかった？　明華ちゃんが好意を持っているのは明らかに一色君でしょ」

「全然わかんねーよ、そんなもん！」

「ニップいなぁ～」

美奈さんとまなみさん、そして周囲の男子も爆笑した。

俺も釣られて苦笑いする。

だが明華ちゃんは、微妙な表情で俺を見つめていた。

ひとしきりみんなで笑った後。

明華ちゃんがガサゴソと手元のバッグを探り出した。

「優さん、コレ。夕方に家を出たから晩御飯を食べてないですよね。サンドイッチを作ってきました」

そう言って可愛くラッピングされた箱を差し出して来た。

「あ、ありがとう」

「コーヒーもありますから」

明華ちゃんは保温式水筒からコップにコーヒーを注《そそ》ぎ、俺の方に差し出す。

俺はもう一度礼を言ってそれを受け取った。

ラッピングを開くと、中にはタマゴサンド、ハムサンド、ツナサンド、トマトとレタスのサンドイッチが詰まっている。

その横にはおかずとしてウィンナーと唐揚げだ。けっこうなボリュームがある。

「これだけ作るのって大変だったでしょ」

「大丈夫です、だってこんな機会はめったにないから」

ニコッと笑うとサンドイッチを一つずつ指さした。

「優さんはタマゴサンドとツナサンドが好きだって聞いたから、この二つをいっぱい作ってきたんです。タマゴサンドも玉子だけと玉子とチーズの両方があるんですよ」

明華ちゃんは嬉《うれ》しそうな表情でサンドイッチの説明をしてくれる。

そんな明華ちゃんを見ていて、俺も微笑《ほほえ》ましい気分になる。

明華ちゃんはやっぱり可愛《かわい》い。こんな妹がいる石田がちょっとうらやましい。

「明華、俺の分は？」

俺たちの会話が聞こえたらしく、前席の石田がコッチを覗《のぞ》き込んだ。

「解ってるよ。ちゃんとあるから」

そう言って再びバッグの中を探ると、コンビニ袋に包まれた箱を取り出して石田に手渡した。

石田が一瞬、自分が渡されたコンビニ袋と、俺のラッピングされたサンドイッチを交互に見比べた。

「なんか、優のとずいぶん差があるんじゃないか？」

それを聞いて明華ちゃんが口を尖《とが》らせる。

「中身は一緒だよ！　他人に渡すのにコンビニの袋には出来ないでしょ！」

すると石田は「そりゃそうだけどよぉ」と少し悲しそうな顔をして引っ込んだ。

『理想の妹』と『現実の妹』のギャップは、かなり大きいようだ。

関越自動車道に入って最初に停車したのは高坂《たかさか》サービスエリアだ。

トイレ休憩のため、一旦バスを降りる。

明華ちゃんが作って来てくれたサンドイッチとおかずのお陰で腹がパンパンだ。

その上、コーヒーまで飲んでいる。

身体《からだ》を伸ばしたいのと、ここでトイレに行っておかないと、後で苦しい事になるだろう。

トイレに行く途中、店内にあるフードコートを覗いてみた。

最近のサービスエリアの食事は充実している。

この高坂サービスエリアの下りでは「ローストビーフ丼」が有名らしい。

流石《さすが》に今はお腹《なか》一杯で食べられないが、こんな機会でもないとサービスエリアなんて来ないので、見ておいて損はないだろう。

フードコートの中には、既に先にバスを降りていた燈子先輩たちがいた。

一緒にいるのは燈子先輩の親友の一美さんと普段から仲のいい美奈さん、まなみさん、それに部長の中崎さんだ。

サンドイッチを広げて、みんなでそれを食べている。

俺もその輪の中に入って行きたいが、今は何も食べられないしなぁ。

それと……前方の席にいる燈子先輩の事も気になっていた。

他の男が燈子先輩にアプローチをかけているんじゃないだろうか？

バスに乗っている時間は長い。会話が楽しければその間に相手との距離が縮まる事だってありうる。

……と言って、今さら俺一人だけ席を替わるなんて出来ないしな。

そんな事を考えながらトイレを済ませ、フードコートに隣接したコンビニでペットボトルのお茶を買う。バスの中はけっこう乾燥するので喉が渇くのだ。

コンビニを出ると少し離れた場所に、一美さん、美奈さん、まなみさんの三人だけがいた。

燈子先輩と中崎さんはバスに戻ったのだろうか。

俺を見つけた一美さんが手招きする。

「なんだろう」と思って近づいていくと、一美さんが若干キツ目の口調でこう聞いた。

「一色君、なんか石田君の妹とイイ感じなんだって？」

「えっ？」

「美奈たちから聞いたよ」

美奈さんが含みのある笑いを浮かべる。

「明華ちゃん、絶対に一色君に気があるでしょ」

まなみさんも興味アリな笑いを浮かべている。

「そうだね。本人は多少隠そうとしているみたいだけど、周りから見ればバレバレだよね。『ずっと前から好きでした』って感じがするもん」

俺はこの前の燈子先輩と明華ちゃんのやり取りを聞いているから「そうかもしれない」って思っていたけど……美奈さんたちから見てもそう思えるのか。

さらに美奈さんがズイッと前に出た。俺に人差し指を突きつける。

「実は一色君、満更でもないでしょ？」

「なにがですか？」

「ま～たトボけちゃって」美奈さんの意味深な笑みが深まった。

「明華ちゃんの事だよ。けっこう一色君も明華ちゃんがお気に入りなんじゃないの？」

「なに言ってんですか！　相手は友達の妹ですよ。しかもまだ高校生じゃないですか。そんな考えは……」

「でも年齢にして二歳しか離れてないんでしょ。一色君自身が去年は高校生だった訳じゃない。明華ちゃんと付き合ったとしても普通の事だよね？」

そう言って美奈さんは口元を押さえるマネをした。

「だから俺にそんな気は無いですって！　それと明華ちゃんは昔から俺を知っているから、俺とは話しやすい、それだけです」

確かに勉強会の時、明華ちゃんが「俺と付き合っても」的な話を燈子先輩にしていた。

だが別に明華ちゃん本人から告白された訳でもない。その後に何のアプローチもない。

もしかしたらアレは俺の聞き間違いかもしれない。だとしたら俺は単なる自意識過剰ヤロウだ。ここは気にしないのが一番だ。

「ふ〜ん、まあ一色君がそう思っているなら、それでいいんだけど」

と言いながらもまなみさんはまだニヤついていた。

一美さんがタメ息をつく。

「別に明華ちゃんを無視しろとは言わないけどさ、燈子の事も少し気遣ってあげなよ」

『燈子先輩を気遣う』？　俺はその言葉が具体的に何を意味しているのか分からなかった。

そんな俺を見て一美さんが言葉を続ける。

「燈子さ、今日サンドイッチを作って持って来ていたんだよ。夕食代わりにみんなで食べようって」

「さっきそこで食べてましたよね」

「その『みんな』の中には一色君も含まれていたんだけどね」

「え、でも俺はそんな話、聞いてないし、声もかけて貰《もら》ってませんけど」

「そりゃそうさ。出発する時に明華ちゃんが『サンドイッチ作って来た』って先に言ったんだから。その後で燈子が『私も作って来たから一緒に食べよ』なんて言える訳ないだろ」

一美さんは軽く非難するような目で俺を見た。

「燈子は最初、この合宿には参加しないつもりだった。だけど結局は参加している。一色君と燈子はタダの先輩後輩の間柄じゃないはずだろ。少しは女心を察してあげてもいいんじゃないか？」

最後に一美さんは静かにそう言った。


「ふぅ」

バスに戻り、自分の席に座った途端、俺は思わず深くタメ息をついていた。

「どうしたんですか？　そんな疲れたみたいなタメ息をついて」

横にいる明華ちゃんが不思議そうに聞いて来る。

「あ、いや別に。そんな大した事じゃないよ。気にしないで」

明華ちゃんに言っても仕方がない事だし、彼女のせいじゃない。

「そうですか」

そう言った後、彼女はポケットからスマホを取り出した。

「ねぇ優さん。せっかくだから一緒に写真を撮りましょう！」

「写真？　こんなバスの中で？」

撮るなら外に出た方がいいと思うんだけど。

「こういう大勢でのバス旅行って、小学校以来なんです。それに夜にバスで出かけるってなんかワクワクしません？　この雰囲気を残しておきたいんです」

なるほど、そういう訳ね。それなら俺も何となく理解できる。

「解った。じゃあ撮ろうか」

すると明華ちゃんは嬉しそうな様子で俺に肩を寄せて密着してきた。

そして左手を伸ばしてスマホを構え、自撮りモードにする。

「いいですか？　行きますよ」

ピッ、という音と共にフラッシュが光った。

「もう一枚、今度はピースサインも入れて下さい」

そう言って明華ちゃんは可愛く口元でピースサインを作る。

俺も苦笑いしながらもピースサインを作った。

明華ちゃんの上半身がさらに俺の方に傾く。

よって俺と明華ちゃんは『肩を寄せる』というより『俺の胸元で明華ちゃんを抱きかかえる』ような形になってしまった。

「うん、うまく撮れてる」

いま撮ったばかりの写真を見つめて、明華ちゃんが満足そうな笑顔になった。

俺もそんな彼女の表情を見て、心が温かくなるのを感じる。

サービスエリアを出てしばらくすると、バスは照明を落とした。

睡眠時間という訳だ。

先ほどまではワイワイガヤガヤとみんなの話し声が聞こえていたが、暗くなると一気に車内は静かになった。時折誰かのヒソヒソ声が聞こえる程度だ。

自然と俺たちの会話も小さく、そして少なくなった。

普段ならそろそろ寝てもおかしくない時間だしな。

そして俺はさっき一美さんに言われた『燈子の事も少し気遣ってあげなよ』という言葉が気になっていた。

燈子先輩が俺の分もサンドイッチを用意してくれていたとしたら……

俺の心がチクッと痛む。

俺だって出来れば燈子先輩と一緒に食事をしたかった。

でも何の連絡も無かったんだし、この場合は仕方がないだろ。

明華ちゃんの方が先に言ったんだし、彼女に可哀《かわい》そうな思いもさせたくない。

それに明華ちゃんはサークルの都合で、このスキー合宿に誘われたのだ。

せっかく彼女は楽しい思い出にしようとしているのに、それを俺が壊すようなマネはすべきじゃない。

ふっと俺は左肩に圧力を感じた。

横を見るといつの間にか眠ってしまった明華ちゃんが、俺の肩に頭をもたせかけている。

時間を見るともう日付が変わろうとしている。

明華ちゃんは俺のためにサンドイッチを作って、昼間から忙しかったのかもしれない。

疲れて眠くなるのも当然だろう。

バスの中も寝ている人が多いのか、静まりかえっていた。

明華ちゃんが「す〜、す〜」と静かな寝息を立てているのが聞こえる。

俺は改めて明華ちゃんを見た。

長い睫毛《まつげ》がきれいにカールしている。

ふっくらした色白な頬《ほお》が、少しだけ赤みを帯びていた。

……やっぱり可愛《かわい》いな、明華ちゃん……

彼女の寝顔を見ながら、俺は改めて実感した。

寄りかかって来る明華ちゃんからは、ホワッとするようないい匂いがする。

今まで意識していなかったが、こうして間近で見ると彼女も魅力的な少女だ。

もし燈子先輩がいなくて、そして石田の妹としてではなく、彼女が高二の今の時点で出会っていたとしたら……？

……いやいや、何を考えているんだ、俺は……

俺は微《かす》かに頭を振った。

そうだ、俺は明華ちゃんにとって『もう一人の兄』であるべきだ。

彼女にとって理想の兄貴になる、それを目指そう。
彼女が俺にとって『理想の妹』であるように。
そう思って、俺は目を閉じた。

七　スキー合宿初日、ラッキーH・コンフュージョン

──周囲は雪を被《かぶ》った樹木に囲まれたスキーコース。

「優《ゆう》さぁ〜ん！　コッチ来てくださぁ〜い！　景色がキレイですよぉ〜！」

明華《めいか》ちゃんが小高くなった雪の上に立って、大声で俺を呼ぶ。

俺はハァハァ言いながら、やっとの思いで明華ちゃんが立つ小山の下までたどり着いた。

「明華ちゃん、十分スキーが上手いじゃない。俺の方が付いていくのがやっとだよ」

「私、陸上部ですから体力だけはあるんですよ。でもスキーが上手《うま》い訳じゃないんで、優さんが一緒にいてくれないと困ります」

そう言いながらも明華ちゃんは笑顔でガッツポーズを作った。

俺はそんな彼女を見ながら、今朝の事を思い出した。


バスがスキー場に到着したのは午前五時半。

幸いにしてホテルの人が気を利かせて、荷物置き場兼仮眠室を用意してくれていた。

だがせっかくスキー場まで来て、ただゴロゴロしているのもつまらない。

三時間ほど休憩すると、ほぼ全員がスキーウェアに着替えてゲレンデに出ていた。

ウチのサークルではスキーが六割、スノボが四割といったところだ。

俺も初日は肩慣らしにスキーを選択した。俺はスノボは下手だ。初心者の域を出ていない。

スキーと違って両足を固定されているスノボは転ぶ時が派手だ。滑る感覚に慣れるまではスキーの方がケガをしないだろう。

ゲレンデに出た俺は、燈子《とうこ》先輩の姿を探した。出来れば彼女と一緒に滑りたい。

それに一美《かずみ》さんに「燈子の事も少し気遣ってあげなよ」と言われた事も気になっていた。

……二人で一緒にいれば、もっと気持ちが近くなるかもしれない……

そんな期待もある。

リフト券売り場の近くにいた燈子先輩を見つけた。

彼女のスキーウェアは、白地に薄いピンクとブルーの幾何学模様が入った細身のジャケットに、サーモンピンクの細身のボトムだ。

スキー場でも燈子先輩は目立つ。スキーウェアもまるでモデルが着ているかのようだ。

一美さんと他三人の女子と話をしていた。

……他の人もいるし、ちょっと今は声をかけづらいかな……

そう思っていたら「優さん！」と呼び止められた。

振り返ると明華ちゃんだ。すぐ隣に石田《いしだ》もいる。

明華ちゃんは明るいピンクに柄の入った可愛らしい感じのスキーウェアを着ていた。

寒さのせいか頬を赤らめながらも、健康的な笑みを浮かべている。

「私、あんまりスキーうまくないんです。優さん、一緒に滑ってくれません？」

明華ちゃんはストックを頼りに、スキーをズリズリと滑らせながら近づいて来た。

確かにあまりスキーに慣れてはいないようだ。

だが石田が怪訝《けげん》な顔をする。

「オマエ、小学生の時に家族でスキーに行った時はガンガン滑ってただろ」

すかさず明華ちゃんは、ストックで石田の脚を叩《たた》いた。

「それってずいぶん前の事じゃない。もう忘れちゃったよ。久しぶりだから怖いの！」

そう言って頬を膨らます。

だがこう言われては断りにくい。

「いいよ。カンを取り戻すまで三人で一緒に滑ろうか」

しばらく明華ちゃんに付き合って、後は石田に任せればいいだろう。

その後で燈子先輩に「一緒に滑りたい」と声をかけてみよう。

そんな風に俺は考えていた。

しかしそんな甘い予定は、数分後には木っ端微塵《こ ぱ みじん》に吹き飛ばされる。

最初のリフトに乗る時、女子大の女の子二人がやって来て「石田君、一緒に滑らない？」と誘ったのだ。

石田は鼻の下をデレデレ伸ばしながら「いいよ！」と即答していた。

完全に俺たちの事は忘れて……

そんな訳で俺は一本目から明華ちゃんと二人だけでスキーをする事になった。

メインの初・中級者コースを三本滑った後、明華ちゃんがゲレンデマップを広げた。

「こっちの林間コース、初級者向けで距離が長くて景色がイイって書いてあります。行ってみませんか？」

もう一本上のリフトに乗って、大きく迂回《うかい》するルートらしい。

これを滑れば十一時半くらいになる。昼飯に丁度いいし、その後に石田と合流しよう。

「オッケー。じゃあ行ってみようか？」

そうして俺たちは林間コースに入ったのだが、これがけっこう体力的にキツかったのだ。

林間コースはコース幅は狭いが傾斜が緩やかなので、確かに初心者向けと言えた。

だが問題はその傾斜だ。緩やか過ぎたのだ。

コースにはまっ平らな部分が多く存在し、そこでは『滑る』と言うより『歩く』と言った方が正しい感じだ。

それどころかごく緩い登りになっている箇所さえあった。

その上、俺が借りたレンタルスキーは滑走面が傷んでいたのか、かなり滑りが悪かった。そのため俺はコースの大半を『スキーを履いて歩く』といった苦行を強いられる事になった。普段は使わない筋肉が酷使されて想像以上にキツイ。

途中で斜度はあるが、林間コースをショートカットできる中級コースが分岐していた。いい加減に『スキーを履いて歩く』という状況に飽きていた俺は、明華ちゃんに「中級コースの方が滑りやすいから、コッチに行かないか？」と提案した。

だが明華ちゃんは「森の中をただ滑るだけより、景色を見ながらノンビリ出来る方が絶対にいいですよ！」と強く反対したのだ。

結局は彼女の主張通りに、平坦《へいたん》なダラダラ続く初心者コースをスキーを履いて歩き続ける事になった。いい加減に足の筋肉がパンパンになってくる。

途中のカーブで見通しの良さそうな小さな丘があった。

「アソコに登ってみません？　きっと景色を一望できますよ！」

明華ちゃんは元気良くそう言うと、さっそくその小山を登り始めた。

一方俺の方は、その程度の小さな雪の山でも、疲れた足でスキーを履いて登るのは一苦労だ。

さすがは女子高生。受験以来、運動らしい運動をしていない大学生とは基礎体力が違う。

──こうして今は、先に述べたような状況にいるという訳だ。

……明華ちゃん、あの小さい身体《からだ》で凄《すご》い体力だな……

俺は明華ちゃんが立っている『コース脇の小山になっている場所』にようやく登りながら、そう思っていた。

やっとの思いで明華ちゃんの隣に並ぶ。

「ね、キレイでしょう？」

明華ちゃんは満足げにそう言った。

確かに景色は良かった。周囲には信州の山々が白く輝いて連なっている。

下の方には赤や緑などの屋根を持った家々が見える。

「そうだね、こういう景色を見ると『スキーに来たなぁ』って感じがするよね」

俺も同意した。雪山登山とかハードな趣味は持ってないが、こういう銀世界を手軽に楽しめるのがスキーのいい所だろう。

「私、この旅行に来て良かったです」

しばらくの間を置いて、後を続けた。

「こういう一面の銀世界って、何か別の世界に来たみたいで、特別な気持ちになりません？」

「そうだね。コース自体は面白味《おもしろみ》がないけど、景色はいいよね。みんなでワイワイ言いながら滑ると楽しいだろうね」
するとと明華ちゃんは、優しげな、だけどどこか寂しそうな不思議な表情をした。
俺は彼女がなぜそんな表情をしたのか、理由が解《わか》らなかった。
三分ほど無言で雪に覆われた風景を眺めていただろうか。
「そろそろ、行こうか」
俺がそう声をかけると、明華ちゃんも頷《うなず》いて方向転換をしようとした。
「あっ！」
次の瞬間、明華ちゃんが小さく声を上げた。
振り返るとバランスを崩した明華ちゃんが後ろに倒れそうになっている。
その向こう側は崖だ。落ちたら大変な事になる。
「明華ちゃん！」
俺はとっさに手を伸ばし、彼女の右手を掴《つか》む。
だが不安定な小山の上で、バランスを崩した人間を支えるのは無理があった。
そのまま二人もつれ合って小山から滑り落ちる。
反射的に俺は左手を伸ばす。その手がコースに張られた転落防止用のロープを掴んだ。
そのおかげで俺たちは一メートルほど転落しただけですんだ。
俺は明華ちゃんを抱きかかえる形で、彼女の上になっていた。

「大丈夫？　明華ちゃん」

俺はそう聞いた。下は柔らかい雪なのでケガはしていないはずだ。

「あ、ありがとうございます。私は大丈夫です」

そう言って顔を上げた明華ちゃんだが、その顔があまりに近い位置にある事に俺はドキリとする。

「い、いや、明華ちゃんがどこもケガしてなければ、それでいいんだけど」

すると明華ちゃんも俺と抱き合っている形である事に気づいたのだろう。

「ゆ、優さんこそ、ケガはありませんか？」

赤く頬《ほお》を染めながら、目を逸《そ》らしてそう言った。

「俺は大丈夫。じゃあ注意して起き上がろう。またバランスを崩したら、今度こそ崖を落ちてしまうかもしれないから」

俺はそう言って右手をついて起き上がろうとした。

だがその右手が雪の中に沈み込んで起き上がる事が出来ない。

雪が柔らかすぎて、身体を支える事ができないのだ。

「どうしたんですか？」

一向に起き上がれない俺を見て、明華ちゃんがそう尋ねた。

「いや、雪が柔らかすぎて身体を起こせないんだ。それにスキーの先端が雪に刺さってしまって足も動かせない」

そう、コースの外は誰も滑らないため、新雪のままとなっている。

そのため雪がフカフカで身体を起こせない上、スキーが突き刺さって身動きが取れないのだ。

俺は周囲を見渡した。

この林間コースはなだらか過ぎるせいか不人気らしく、あまり人がいない。

すぐに助けが来る気配はない。

……このままだとマズイ。

俺はそう思った。

「明華ちゃんは動ける？」

そう言われて彼女も身体を起こそうとするが、やはりスキーが埋もれているのと、雪が柔らかすぎて起き上がる事が出来ない。

「ダメです。ぜんぜん起きられません」

明華ちゃんは赤い顔をしながらそう答えた。

「仕方ない。一度スキーを外して、それで何とかコースに戻ろう」

俺は明華ちゃんの上で身体を「くの字」に折り、自分のビンディングを外しにかかった。

だがその体勢だと……俺の頭がちょうど明華ちゃんの胸のあたりに来てしまう。

「ひゃう！」

明華ちゃんが変な悲鳴を上げた。

「ご、ごめん。でもスキーを外す間だけだから、ちょっと我慢して」

「は、はい」

明華ちゃんはさらに真っ赤な顔をしてそう答える。

俺も恥ずかしかったが、この場合は仕方がないだろ。

「明華ちゃんのビンディングも外すよ」

そうして俺はさらに身体を縮める。

今度は俺の頭が彼女の腰のあたりに……。明華ちゃんが身体をこわばらせたのがわかる。

やっと彼女のビンディングも外した時、明華ちゃんは恥ずかしさのあまり両手で顔を隠していた。そんな風に意識されると、俺の方も恥ずかしくなってくるんだけど。

「よし、じゃあ起き上がろう」

「でも雪が柔らかくて手をついても沈んでしまって、身体を起こせないんです」

「だからまず明華ちゃんは俺を台にして先にコースに戻って。俺は一人なら何とかなると思うから」

「はい」

こうして二人が抱き合った姿勢から、モゾモゾと微妙な動きで位置を変えようとする。

ふと俺は思った。

この状況、他人が見たらすごく誤解を受けるんじゃないだろうか？

人気《ひとけ》の無いコースの外れ、そこで俺と明華ちゃんは抱き合った姿勢で、二人はモゾモゾと怪しげな動きで……

いや、ちょっと待て。それってかなりトンデモない事だぞ。

そんな話がサークルの皆に広まったら……

そしてもし、燈子先輩の耳に入ったら……

明華ちゃんだって女の子なのに、そんな噂《うわさ》を立てられたら可哀《かわい》そうだ。

静かな雪山の中で、俺は耳を澄ませた。

ともかく人に見られるのは避けねばならない。

「お～ぃ」

ん、誰かが呼んでいるような声が……

「お～ぃ」

遠くから呼びかける声がする。頼む、空耳であってくれ！

「お～ぃ、＊＊＊＊＊」

さらに呼びかける声が聞こえる。

「お～い、＊＊＊＊＊いぃ～」

呼び声が近くなった。もう間違いじゃない。確かに誰かが呼んでいる。

「お〜い、いっしきぃ〜！」

完全に俺を呼んでいる！

俺は焦って周囲を見渡した。だが誰もいない。

「コッチだ、コッチぃ〜！」

声は上の方から聞こえる。

顔を上げると、裸の木々の間からリフトが見えた。

そのリフトに乗っている男二人がストックを振っている。

「いっしきぃ〜、テメエぇ〜、なにやってんだぁぁぁ」

どうやらサークルメンバーの誰からしい。

この状況を見て、彼は勘違いしているのだろう。

「違うぞぉ！　これはたまたまココで倒れたんだぁっ！」

俺は力の限り叫ぶ。

だがリフトの二人はこの場所を通り過ぎながら、ゲラゲラ笑っているようだ。

「明華ちゃん、ここはリフトの上から見えるみたいだ。早く出よう！」

「は、はい！　でも中々抜け出せなくって……」

「もう俺の事を踏んづけていいから。ともかく早くこの状況から脱出しないと！」

俺がそう言うと、明華ちゃんは赤い顔をして頷き、身体を回転させて俺の上に四《よ》つん這《ば》いになった。

結局、俺たちがそこから脱出できたのは、それから五分ほど経《た》ってからだ。

きっとその間にも、リフトに乗った何人かは俺たちの姿を目撃しているのだろう。

これは……もしかしてけっこうマズイ事になったんじゃないのか？


俺たちが出発地点のホテル前に戻った時には、昼をかなり過ぎていた。

明華ちゃんと一緒にホテルのレストランで遅い昼食を取り、午後からまた二人で滑る。

その間も石田を探したのだが見つける事ができなかった。

明華ちゃんはとっても楽しそうだが、俺には一つ不安があった。

それはさっきの林間コースでの一件だ。

変な噂になって、燈子先輩の耳に入っていないといいんだが。

やっとの思いで石田を見つけたのは午後三時過ぎだ。

石田は午前中に誘われた女子大の二人と楽しく過ごしていたらしい。

四時にはスキーを終えてホテルに戻る。

割り当てられたのは、石田との二人部屋だ。

部屋でスキーウェアを脱ぐと石田はさっそく「風呂に行こうぜ、風呂！」と言い出した。

俺も日焼け止めを塗っている上、身体《からだ》は汗臭く頭はバリバリになっているので、一も二も無く賛成する。

まだ早めの時間という事もあって大浴場は空《す》いていた。

湯舟に二人で顎まで浸《つ》かる。久々の運動で強張《こわば》った筋肉がほぐれていく気がする。

「今日は楽しかったなぁ、合宿に来て良かったよ」

石田が満足そうに感想を漏らす。

女子大の娘《こ》二人に囲まれてさぞやご満悦だったのだろう。

だが俺はその意見にはすぐには賛同できない。

「どうした、優。何か不満があるのか？」

「不満って訳じゃないんだが……」

「もしかして明華をオマエに任せっきりにした事を怒っているのか」

「怒っている訳じゃない」そう言うと俺はタオルで顔をぬぐった。

「だけど石田、明日はオマエが明華ちゃんと一緒にいてくれ。さすがにこれ以上だと、変な噂が立ちそうだ」

「人気の無いコースで抱き合っていたっていう、アレか？」

石田は事も無げに言った。

「もうオマエまで知っているのか？」

「かなり噂になっているからな。けっこう尾ひれも付いてるみたいだし」

「おい、言っておくが俺たちは何もやましい事はしてないぞ。あれは明華ちゃんがバランスを崩して、偶然二人が絡んで転んだだけで……」

「わかってるって。優がそんな事をするヤツじゃない事くらい」

石田は片手を挙げて、俺の言葉を制した。

「優も運が悪かったかもな。たまたまリフトから見える場所で、そんな事になって。そもそもあの林間コースは普段はかなり見通しが悪いらしい。リフトから丸見えっていうのは珍しいそうだ。メインのコースが平気でも、あそこだけガスが出ている事も多いって聞いたよ。傾斜が無いから、雪が降ると逆に滑りにくいらしいしな」

別にそんな林間コースのマイナー情報なんて必要ないんだが。

今は明華ちゃんと変な噂になる事が問題なのだ。

「でもこれ以上、変な噂が広まるのはマズイだろ。明華ちゃんにも迷惑だろうし。だから明日は石田が一緒に……」

「噂は半分は本当かもな」

石田がドキッとするような事を言った。

「どういう意味だよ、それ」

石田が湯縁に両手をかけて天井を仰ぐ。しばらくそのままの姿勢でいた。

「出来れば俺の口から言うのは避けたかったんだが……」

石田はそう前置きしてから説明した。

「優はその気が無くても、明華の方にはその気があるって事だよ。明華はこの旅行中に本気で優と恋人になろうと思っている」

「まさか、この合宿中にか？」

「優と一緒に旅行するなんて初めての事だしな。明華にとってこんなチャンスはめったに無いだろう。燈子先輩の事もあって火が着いたみたいだしな」

淡々と告げる石田の言葉に、俺は焦った。

「オマエ、なにを他人事《ひとごと》みたいに言ってるんだ？　妹の事だろ？　オマエは嫌じゃないのか？」

「別に。明華が誰を好きになろうが、誰と付き合おうが、俺には関係ない」

「普通は兄は妹の交際とかを止めるもんじゃないのか？」

「それこそマンガか映画の世界だよ。実際の兄妹《きょうだい》なんて、お互いそんなに干渉しないもんだ」

アニメとマンガが大好きな石田がそれを言うのか？

「もちろんヤンキーとかヒモみたいなのとか、変な男と付き合うのは反対だけどな。その点、優なら俺も安心だ」

「でもさ、俺は燈子先輩と……」

「そう言いつつ、オマエは燈子先輩に対して何か行動を起こしたのか？」

「いや、だって昨日からずっと明華ちゃんが一緒にいるし」

「明華がいるから何も出来ないっていうのは、言い訳じゃないのか？」

石田は目を閉じて身体をズラし、耳近くまで湯に入る。

「燈子先輩は優に近づく様子はない。優は優で自分からは積極的に動かない。この状況を見れば明華が優にアタックするのも、ある意味当然だと思うけどな」

俺は何も言い返せなかった。石田の言葉が妙に胸にズシンと響く。

「ま、俺はどっちにも付かないよ。明華の邪魔はしないし、かと言って優が燈子先輩にアタックするならそれにも反対しない。両方それなりに応援していると思ってくれ」

そう言うと石田は立ち上がって風呂から出た。


風呂から上がってしばらく部屋でゴロゴロしていると、夕食の時間になった。

俺たちは明華ちゃんと合流して大広間に向かう。

夕食のメニューはチキンステーキと固形燃料で温めるタイプの一人鍋、サラダに野沢菜漬け、あとは白いご飯とキノコの味噌汁《みそしる》だ。

まぁスキー宿としては平均的な料理か？

夕食にはほぼ全員が集まっていた。朝から活動しているせいか、この時間まで滑っているヤツはほとんどいない。

食事中に中崎《なかざき》さんからアナウンスがある。

「今日はこの部屋でこのまま大宴会をやるからな。夕飯が終わっても部屋に帰らないで、ここに残るように！　食事を片づけたらツマミと飲み物を出すから、みんな手伝ってくれ。十代は飲酒厳禁、ノンアルコールだからな！」

誰かが「つまんねぇっす！」と声を上げるが、中崎さんもサークルの責任者として、その辺は締めなければならない所だ。

その中崎さんが俺たちの席にやって来た。

「お酒のある場に高校生がいるのはよくないから、明華ちゃんは八時には部屋に戻すようにしてくれ」

そう俺と石田に注意する。

「わかりました」「了解っす」

俺と石田はそう返事をしたが、明華ちゃんは不満そうだ。

夕食が終わり、ホテルの従業員が後片付けと飲み物の用意をしてくれる。

俺たちは事前にお菓子などを各テーブルに配った。

みんなそれぞれがワイワイと楽しくやっている。

そんな中で俺は、チラチラと燈子先輩の様子を窺《うかが》っていた。

燈子先輩は俺とは違う列の少し離れたテーブルに座っている。

一緒にいるのは一美さんと、サークル中心メンバーの二人・美奈《みな》さんとまなみさんだ。

しかしそこに入れ代わり立ち代わり色んな男たちが現れ話しかけている。

既にサークルを引退しているＯＢ・院生・四年生、そして現役の三年から一年まで。

中にはしつこくボトルを持って、彼女に飲ませようとする不逞《ふてい》の輩《やから》もいやがる。

そんな連中を燈子先輩は上手《うま》くあしらっているようだが、それでも俺は気になって仕方がない。

そんな時、俺は脇腹をツンツンと小さく突《つつ》かれた。明華ちゃんだ。

「優さん、明日はどこに行きましょうか？」

明華ちゃんがニコニコ顔でチョコレートをつまみながら、そう尋ねた。

「え、あ、そうだなぁ」

俺は言葉を濁した。明日は出来れば燈子先輩と一緒に滑りたいんだが。

「それともスキーじゃなくてスノボにします？」

「でも俺、スノボはあんまり出来ないんだよ。緩斜面をゆっくりナメクジが這《は》うようなスピードでしか滑れないんだよね」

それを聞いた明華ちゃんが手を叩《たた》いて喜んだ。

「良かった！　私もスノボは前に家族でスキーに行った時に一回しかやった事ないんです。その時は全然滑れなくって。もし優さんが上手かったら迷惑かけちゃうかと思ってたんですよ！　それなら一緒にやりましょう！」

するとそれと聞いていた石田が釘《くぎ》を刺すように言う。

「明日はサークル全体でイベントがあるみたいだぞ。全員参加のゲームをやるんだってさ」

「どんなゲームなの？」明華ちゃんが石田に尋ねた。

「さぁ、細かい話は知らないけど、オリエンテーリングだって言ってたな」

オリエンテーリングって、アレか？　地図を持って山の中を駆けずり回るってやつ。あれをスキー場でやるって事かな？

「じゃあ私、優さんと一緒がいい！」

明華ちゃんはそう言って俺の腕に抱き着いた。

「ね、一緒にやりましょうね！」

そう言って満面の笑みを浮かべる。

こんな風に無邪気に言われたら、断れないよなぁ。

「あ、ああ、そうだね。でもペアとは限らないけどね」

石田が横目で俺を見ながら「はぁ」と小さなタメ息をついた。そして、

「明華、そろそろ八時だ。オマエは部屋に戻れ」と口にする。

「え～、もうちょっといいでしょ？」

「ダメだ。さっき部長の中崎さんが言っていただろ。ここでオマエが長居してると、中崎さんに迷惑が掛かるかもしれない」

「でも私だけ部屋に戻るなんてつまんないよ」

「俺の言う事を聞くのが、この合宿に連れて来る条件だったろ」

明華ちゃんはかなり不満そうに頰《ほお》を膨らませた。

「じゃあ優さんも一緒に部屋に行きません？　それでトランプでもやりましょうよ」

「え、俺は……」

言《い》い淀《よど》んでいる俺に、再び石田が助け船を出してくれる。

「オマエは今日一日、ずっと優と一緒にいたじゃないか。優だって少しは他の連中と話があるんだよ。今日はもう解放してやれよ」

そう言われて明華ちゃんはさらに不満そうな顔をする。

「これで終わりじゃないんだ。まだ明日もあるだろ。あんまりシツコクすると、逆に優に嫌われるぞ」

納得できない様子の明華ちゃんだったが、石田にそう言われて諦めたらしい。

だが彼女は最後に念押しする事を忘れなかった。

「それじゃあ優さん、今日はもう部屋に戻りますけど、明日のオリエンテーリングは絶対に一緒ですよ！　約束ですからね」

明華ちゃんはそう言うと、俺の返事を待たずに立ち上がった。

むしろ「俺にNOと言わせない内に」立ち去ろうとしたのかもしれない。

「じゃあ俺も明華を部屋まで送って来るわ」

そう言って石田も一緒に大広間を出て行った。

一人になった俺は、石田が戻って来るまで柿の種をつまんでいた。

明日も明華ちゃんと二人きりだったら、本当に変な噂《うわさ》が立ちそうだ。

明日は石田も一緒にいてもらうしかない。

「いっしっきくん！」

弾むように俺の名前が呼ばれたかと思うと、俺の両側に二人の女子が腰を下ろした。

経済学部一年の綾香《あやか》さんと商学部一年の有里《ゆり》さんだ。

この二人は美奈さん、まなみさんと同じく『サークルの中心女子四人組』と言われている。

俺とは『ケーキバイキングでの女子会』で仲良くなった。発起人は燈子先輩だ。

なおこの女子会で俺が彼女たちと仲良くなったのも、『Xデー計画』のための下準備の一つだった。彼女たちと仲良くなる事で俺に対する女子全体の人気を上げる事と、クリスマス・パーティで浮気者二人に痛烈な復讐《ふくしゅう》をするのに、俺たちに味方してくれる世論を作るためだ。

その結果、俺は彼女たち四人と仲良く話せる間柄になった訳だ。

「やっと話せるね～」そう言ってくれたのは綾香さん。

「昨日からずっと石田君の妹と一緒にいるもんね」と言ったのは有里さんだ。

「まぁ明華ちゃんも知らない人の中にいるのは不安なんだろうね。それで結果的に俺と一緒にいるんだと思うけど」

俺が話をぼやかして答えると、綾香さんが肘で突いて来た。

「ま～たまたぁ、ごまかしちゃってぇ。バレバレだよ」

「バレバレって、なにがだよ」

「あくまでシラを切り通しますかぁ？」

綾香さんがいかにも愉快そうな目で俺を見る。

「だから何が？」

俺は関心なさそうに言った。内心はヒヤヒヤだ。

「石田君の妹が、一色《いっしき》君を好きだっていう事！」

綾香さんがそう言うと、有里さんが話を続けた。

「あの娘《こ》、相当に一色君の事が好きだよね。他の人は目に入らない、もうまっしぐらだもん。誰にも止められない感じがするよ」

「いや、だからそれは……」

「今日だって人が来ない林間コースで、二人で抱き合ってたんだって？　ダイタ～ン！」

「いや、ちょっと待って。それは誤解だよ。アレは明華ちゃんがバランスを崩して二人一緒に倒れただけだから」

俺は焦ってそう否定した。

しかし綾香さんは『面白いオモチャを見つけた子供』のような表情だ。

俺をイジるのをやめる気はないのだろう。

「え～、だってけっこう長いあいだ抱き合っていたって話だよ」

「そうそう、何人もが見たって言っているしね」

有里さんも綾香さんに同調する。

「本当に違うんだって。それは二人とも新雪にはまって、すぐに抜け出せなかっただけなんだよ。それでまごついていたから、長い間そうしていたように見えただけなんだ」

俺の必死の弁解を、二人とも全く信じていないらしい。

綾香さんが俺の柿の種に手を伸ばしながら言った。

「でもまさか一色君が女子高生と付き合うなんてね～」

「いや、付き合ってないから。まったくそんな事はないから」

「あたしはあの一件があるから、てっきり一色君は燈子さんと付き合うんだとばかり思っていたよ」

その時の綾香さんの俺を見る目は、若干の非難を含んでいるように見えた。

「そうだよね。私もそう思っていた。ちょっとガッカリしたなぁ」

「……」

二人のその言葉に、俺は何も言えなくなってしまった。

周りからはそんな風に思われていたのか。

別に俺はどう思われてもいい。だけど燈子先輩の事は……

『陰のミス城都大《じょうとだい》』よりもJKを選ぶとはね」

「ミス城都大って言えばさぁ、来年はどうなるのかな？」

俺が『明華ちゃんとの誤解』を否定するよりも早く、有里さんが別の話題を持ち出した。

「アレでしょ。来年の文化祭ではミスコンはやめるって話」

「そっか、やっぱりやめるんだ。ミスコン」

そう答えたのは綾香さんだ。

「まだ決定じゃないけどね。でも前から色んな話が出ていたじゃない。それを考慮して大学祭実行委員も廃止する方向に決めたんじゃない？」

……ミス城都大のコンテスト、廃止するのか……

ミス&ミスター城都大コンテストは文化祭のイベントの一つとして例年行われていた。

だが綾香さんの言う通り、最近は『価値観の多様化』という事もあって、ミス・キャンパスは廃止する大学も多いと聞く。

文化祭の華が一つ消えて、寂しいような気もするが。

「でもさぁ、ウチのミス城都大って歴史もあるし、そこからアナウンサーとかキャスターになった人も多いじゃない。それで目指している人もいたんだしさぁ。廃止はもったいない気がするんだよね」

有里さんの懸念に綾香さんが答えた。

「それで新たに上がって来ている案が『ミス・ミューズ』でしょ」

『ミス・ミューズ』、その言葉に俺の耳が反応した。

試験が終わった日、カレンが他の誰かと話していた時に出た言葉だ。

そしてその時に一緒に燈子先輩の名前が出ていた。俺はそれが気になっていた。

「『ミス・ミューズ』って何をやるの?」

俺が質問すると、綾香さんが意外そうな顔をした。

「一色君は知らないの?」

「言葉だけしか……いったいどういうものなの?」

「あたしも人から聞いたレベルでしか知らないんだけど」そう綾香さんが前置きする。

「一言で言うと『ミス城都大』に代わるミス・キャンパスを決めるイベントかな。今までと違うのは外見とかよりも、その人の個性と知性に重点を置くコンテストにするんだって。得意分野とかトークなんかも含めてね」

そこで綾香さんは一度ウーロン茶で喉を湿らせた。

「元々ミューズって、ギリシャ神話の知の女神のことなんだよ。九人の女神でそれぞれが詩・舞踊・音楽・演劇・天文学・歴史なんかを司《つかさど》るんだって。それに合わせてキャンパス内からそれぞれの得意分野を持った女性を九人選ぶんだってさ」

なるほど、そういう事か。

「でも結局はそれも女性を選別してるんだよね？」と有里さん。

「仕方ないいんじゃない？　女性雑誌にだって『抱かれたい男ランキング』なんてのがあるんだから。それに今までのミス・準ミスだと二人しか選ばれないのに、これからは順位付けなしで九人が選ばれるんだから、女子アナを狙っている人にはメリットだよね」

そこで有里さんが嬉《うれ》しそうに身体《からだ》を乗り出した。

「じゃあさ、もうあの人も今までみたいには威張れないね」

「そうそう、今までは『自分が女王様』ってデカイ顔していたからね。それが無くなるからウチら一般女子には有難い話だよね」

「あの人って誰の事？」そう聞いたのは俺だ。

「文学部二年の竜胆朱音《りんどうあかね》。今年と去年のミス城都大の優勝者なんだけど、嫌な女なんだ、コイツが」

綾香さんが本当に嫌そうな顔をする。

それに有里さんが続いて頷《うなず》いた。

「うんうん、ミス城都大なのを鼻にかけちゃってさ。『私はアナタたちとは違うのよ』って態度が見え見えなの。今からテレビ局関係者に近寄っているって噂もあるしね」

「男女での態度の差も凄《すご》いけど、男に対しても『使える男』と『使えない男』での態度がめっちゃ違うんだって。カレンをさらに数倍パワーアップした感じって言えばわかるかな」

そんな女傑がこの大学にいたのか……恐ろしい。

「だからさぁ、私としては本当は燈子さんにミス城都大に出て欲しかったんだよなぁ」

有里さんが残念そうに言った。それに綾香さんが同意する。

「そうだよね。燈子さんがミス城都大に出ていれば、竜胆朱音なんて目じゃないのにね。そうしたらアイツもデカイ顔できなかっただろうし」

「でも竜胆さんはそれで燈子さんを敵視してるんでしょ。燈子さんが『真のミス城都大』って呼ばれている事が我慢ならないんだって」

「あの人の性格ならそうだろうね。自分が一番じゃないと気が済まない人だから」

そこまで話した時、グラスを持った一美さんがやって来た。

「話が盛り上がっているみたいだね」

「あ、一美さん。コッチ来ます？」

綾香さんがそう尋ねた。

「うん、アタシも一色君と話そうかと思ってね」

「じゃあ私たちは燈子さんの所に行きますね」

有里さんはそう答えると、綾香さんと共にグラスを持って立ち上がった。

一美さんが俺の隣、元々は石田がいた席に座る。

「やっと明華ちゃんから解放されたみたいだね、一色君」

「はぁ」

「ん、それとも一色君は明華ちゃんと一緒にいたかったのかな？」

一美さんが揶揄《からか》うようにそう言った。

だけど……目が少し怒っているようだ。

「そういう訳じゃないですよ」

俺も少しムッとして答える。

「でもさ、あの年代の女子高生って思い詰めると一直線だからね。アタシも経験あるよ」

「一美さんも？」

思わずそう聞き返す。

「そう、あの子、市川《いちかわ》女子学院なんでしょ。アタシも市女の卒業生だから」

燈子先輩から「一美さんは私立の高校に通っていた」とは聞いていたが、市川女子学院とは知らなかった。

「あの年頃の女子校の子ってね、身近な人に自分の理想を重ねちゃうんだよ」

一美さんは自分のグラスに自分でビールを注《そそ》ぎながら、思い出すように言う。

「よくあるパターンが学校の先生？　女子校の男の先生は若ければ誰でもモテるからね。次は塾のバイト講師の大学生とか？」

「そうなんですか？」

「そう。やっぱり先生って『教える』って意味で一段上の存在だからね。女子高生からすると『話を聞いてくれて頼れる存在』ってなりがちだし」

そこで彼女は手酌したビールを一口飲む。「ぷはっ」と大きな息をついて言葉を続けた。

「明華ちゃんの場合は、それが一色君なんだろうね。君は優しいし顔だってけっこうイケてる。中高では勉強だって出来た方だろ？　そして兄の親友で昔からの知り合いだから、変な事をされる心配もない。女子の理想を投影するにはピッタリの存在だよね」

「そんなもんなんですか？」

「そんなもんだよ、女子高生なんて。特に真面目な子ほどそういう傾向があるのかな。きっと彼女の中では、自分が少女マンガの主人公になっているんだと思うよ。兄の親友で憧れの優しいお兄さん。その憧れがいつしか恋に変わって。でもその人は自分の気持ちに気づいてくれなくて。さらにはライバルとなる美人な悪役令嬢がいて……」

「え、悪役令嬢って、誰のことですか？」

「そりゃもちろん、燈子のことだよ」

「燈子先輩が悪役令嬢ですか？　それはないと思いますが」

燈子先輩は絶対に悪役令嬢なんかじゃないだろう。むしろ完全無欠の正義の味方だ。

「あの子にはそう見えているかもしれない、って事だよ。恋のライバルがいないと、物語は盛り上がらないからね」

一美さんは自分の言葉に納得したように頷きながら、二口目のビールを呷《あお》る。たった二口でグラスの三分の二がなくなった。

……そう言えば明華ちゃんは前に『優さんが可哀《かわい》そうです。優さんの気持ちを弄んでいます！　私はそれは許せません』って言っていたよな……

俺は試験前に燈子先輩と明華ちゃんと三人で、ファミレスで勉強会をした時の事を思い出した。

そして行きのバスの中でやった心理テスト。あれで『現在の不安を表す絵』について明華ちゃんは『イジワルそうなお嬢様』って答えていた。

アレってもしかして……

「まぁあの子については、別にそれでいいんだよ。同じ女子校の先輩に熱を上げるよりノーマルかもしれないしね。問題は一色君、君の方だよ」

「俺の方？」

「そう」一美さんは三口目でグラスを空にする前に、再びグラスをビールで満たす。

「一色君が明華ちゃんに押し切られているっていうのは解るけど、でもそれって結局は明華ちゃんにも気があるのと同じだからね」

「いや、俺はそんな！」

「本当にそう言い切れるの？　だったらなぜキッパリと明華ちゃんに『二人だけじゃなく、みんなで一緒に遊ぼう』って言えないの？　傍目《はため》には一色君と明華ちゃんは『付き合おうとしている二人』に見えるよ」

「でも明華ちゃんにいきなりそんな事を言ったら可哀そうで……」

「結局、君は彼女に対してもイイ顔をしていたいんだよ」

一美さんは俺に最後まで言わせなかった。

押し黙った俺の首に、一美さんがグイッと腕を回してくる。

「アッチを見なよ、一色君。燈子の方」

そう言って俺の首を燈子先輩が座る席に向ける。

「さっきから燈子に近づいて来る男たちは沢山いる。それを燈子はみんな適当にあしらって追い返している。でもこの合宿には来た。自分が好奇の目に晒《さら》される事を覚悟してね。いったい誰の誘いを待っているんだろうね」

ちょっと酒臭い息が一美さんから漏れる。

だがそのアルコールの臭いより、一美さんの言葉が俺の脳裏を刺激した。

「燈子は自分からは動かないし動けない。だったらドッチが行くべきか、解るよね」

一美さんのその言葉に操られたかのように、俺はコクリと頷いた。

「クリパの後でアンタたち二人に何も無かった事はアタシも知っている。だから今日はアタシが二人でじっくり話せるチャンスを作ってあげるよ。アタシと燈子は二人部屋だ。そしてアタシはしばらくここで飲んでいる。さらに今の燈子は珍しくけっこう酔っている……お互いの気持ちを知るにはいい機会じゃないか？」

燈子先輩と二人きりで話せる時間！　確かに願っても無いチャンスだ。

俺は一美さんの顔を凝視した。

ほぼ額がくっつきそうな感じで、俺と一美さんの顔は十センチも離れていないだろう。

その目がイタズラっぽく光っている。

「感謝します！」

俺は強い気持ちで言った。

「ヨシ、行け！」

一美さんは俺を押し出すようにして、腕をほどいた。

「あ、だけどアタシが帰ったら困るような事はしてくれるなよ！」

最後にそう俺に釘《くぎ》を刺すのを忘れない。

「燈子先輩、ココいいですか？」

俺は燈子先輩の隣に腰を下ろした。

先にいたＯＢ二人が燈子先輩につれなくされて、立ち去った直後だ。

「一色君？」

燈子先輩は一瞬、俺の方を振り向いた。

見た所、けっこう顔が赤い。かなり飲んだのだろうか？

彼女はすぐに顔をテーブルに向けると「何かな？」と素っ気ない感じで答える。

「いや、燈子先輩とも少し話したいと思ってなんですけど……」

俺の語尾が弱くなる。なんか微妙に遠ざけられている感じだ。

「明華さんは？　彼女と話していたんじゃないの？」

燈子先輩は正面を向いたまま、グラスを見つめている。

やはり俺の方を見ない。これが続いたら、やっぱり気持ちが折れちゃうよな。

「明華ちゃんは部屋に戻りました。お酒の場に高校生がいるのはよろしくないので」

「お酒の場じゃなかったら、一緒にいたんだ？」

う、なんだ。なんか絡むみたいな言い方なんだけど。

「いや、そういう意味じゃないです」

「昨日の夜もバスで明華さんの隣だったよね」

「そうですけど、それは」

「明華さんとのおしゃべりは楽しかった？」

「は？　はぁ、まぁ。でも特別な意味じゃないです」

「昼間もずっと一緒にいたんでしょ？」

「……はい」

「人が来ない林間コースで、二人だけでいたって……」

やっぱり、燈子先輩の耳にも入っていたのか……

「でもそれは事故で」

「一色君、明華さんと一緒にいて楽しそうだった」

「……」俺は何とも返事がしにくくて、黙ってグラスのウーロン茶に口を付けた。

「昨日からずっと、私の事は気にしてくれてないよね？」

燈子先輩は俺に背を向けると、グラスを持ったまま膝を抱えた。

「やっぱり女の子が積極的な方が、恋愛も上手《うま》く行くのかもね」

「あの、燈子先輩」

「明華さんは、一色君の事を好きだって言って来てるんでしょ？」

「別に本人から直接言われた訳じゃ……」

「明華さん、可愛《かわい》いもんね……一色君も満更でもない顔をしてたし」

燈子先輩はそう言って手にしたグラスをグイッと呷る。グラスが空になった。

「一色君、前に『自然にしている私が一番可愛い』って言ったのに……」

「スン」と小さく鼻を鳴らす音が聞こえる。

「それは本当です」

「年上より、年下の女子高生の方が可愛いよね」

「そんな事は言ってません」

「やっぱり可愛い娘《こ》の方が男子にはいいんだ」

燈子先輩がこんな風にグチっぽく言うのは初めてだ。

そもそも俺の言葉を聞いていない。

「あの、燈子先輩。もしかして酔ってます？」

「酔ってなんかないよ！」

怒ったようにそう言って振り返った。

だが……その顔も目もピンク色だ。

「酔ってなんかないもん！」

そう言ってグラスをテーブルの上に乱暴に置いた。

そのまま上半身をテーブルの上に投げ出し、恨みがましい目で俺を見ている。

……いや、だいぶ酔ってるでしょ。これ……

「一色君ってさ、ズルイよね」

「もうさ、女心を弄んでさ」

「年下が好きなら、そう言ってよ」

「真面目そうな顔して優しい分だけ、罪だよ」

か、かなりグチっぽい。

今までサークルでの飲み会は何回かあったが、こんな燈子先輩は初めて見た。

お酒に流されない方だと聞いていたんだけど。

まさかの……絡み上戸？

「あ～あ、だいぶ出来上がっちゃってるねぇ」

そう背後から声をかけられた。

振り返ると一美さんだ。コッチに戻って来たらしい。

一方で燈子先輩は目がトロンとして半分眠そうにしている。

「一色君。燈子はだいぶ酔っているみたいだから、アタシたちの部屋に連れて行ってあげてよ。アタシはもう少し飲んでるから」

そう言って俺にウインクを送る。

「わかりました。燈子先輩、一度部屋で休みましょう」

俺はそう声をかけて、燈子先輩に肩を貸すと立ち上がった。

「ガ・ン・バ・レ！」

一美さんの、さらに隣にいたサークル中心メンバーの美奈さんが、小さく声をかけて来た。

俺は気恥ずかしくて、後ろを見ずに広間を出て行った。


俺は燈子先輩の左手を自分の肩に回し、右手で支えるように腰を抱きかかえて、彼女の部屋に向かった。

燈子先輩はかなり酔っているらしい。一人では歩く事も無理そうだ。フラフラしている。

……かなり飲まされたのかな？　それとも自分から飲んだのか？

燈子先輩の長い髪が俺の腕にサラサラと降りかかる。

そして……厚いセーター越しにも感じられる豊かな弾力のあるバスト。

燈子先輩とここまで密着するのは初めてだ。

やがて燈子先輩の部屋にたどり着いた。

もはや一人では立っている事も出来なそうだ。

俺は燈子先輩をそっとベッドに腰掛けさせた。

「水でも飲みます？」

そう尋ねると、燈子先輩はコクンと首を縦に振った。

冷蔵庫にある水のペットボトルを取り出して持ってくる。

「水を持ってきました」

燈子先輩はダルそうに左手をベッドについて上半身を支えている。それでも身体《からだ》が揺れている。

俺は再び彼女の肩を抱いて支え、キャップを外したペットボトルを手渡した。

燈子先輩は水を二口ほど飲むと「ありがとう」と言ってペットボトルを俺に返す。

「大丈夫ですか？」

「……うん……」

小さくそう答えた。

だけど、俺はこれからどうすればいいんだろう？

一般的に言って、これはある種チャンスな事には違いない。

だけど燈子先輩はかなり酔っているからなぁ。

『結婚までそういう事はしない』って彼女は言っていた。

こんな状態で燈子先輩と初体験したって、彼女にとっては嫌な記憶になるんじゃないか？　燈子先輩にそんな思いだけはして欲しくないし、俺もしたくない。

そんな風に思いつつ……俺は部屋を立ち去る事もしたくなかった。

自分でもどうしたらいいのか分からなくて、迷っていたのだ。

「うっ」

燈子先輩は小さく呻《うめ》いた後、何を思ったのか立ち上がろうとした。

「どうしました？」

俺も彼女を支えたまま、一緒に立ち上がる。

しかしそこで燈子先輩はバランスを崩した。その手が無意識に俺の肩を掴《つか》む。

そのため立ち上がりかけていた俺までバランスを崩し、二人は並んでベッドの上に倒れ込んでしまった。

そう、まるで抱き合うかのような形で……。

燈子先輩の端整な顔が間近にある。

化粧っ気の無い色白の陶器のような滑らかな肌は、上気したようなピンク色に染まっている。

それが凄《すご》くエロティックに感じられた。

燈子先輩の豊かな胸が、俺に押し付けられている。

それだけでも俺の中の欲情が押し上げられてくるのに、さらに燈子先輩の吐息が俺の顔に優しくかかる。

酔っているはずなのに全然酒臭くない。

それどころか甘い香りさえした。

……こ、これって、やっぱりＯＫって事だよな……

俺は燈子先輩の身体に回した腕に力を込めようとした。

「一色君……」

燈子先輩が薄く目を開いた。潤んだ瞳で俺を見る。

「私、寂しかった。君が明華さんとばっかり一緒にいて……」

俺の手は止まったままだ。

彼女が話している間に、次の行動に移るのは躊躇《ためら》われたのだ。

「もう私の事はどうでもよくなっちゃったのかなって。約束の事も忘れちゃったのかなって」

それは違う！　それだけはハッキリさせないと。

「そんな事ないです。俺だってずっと燈子先輩の事を考えていました」

「本当？」

「本当です。『やり直しのクリスマス』の事だって忘れてなんかいないです。凄く楽しみにしてます！」

すると彼女は安心したように微笑《ほほえ》んだ。

「良かった……」

そう言って微《かす》かに瞼《まぶた》を閉じた。長い睫毛《まつげ》が小さく震える。

「私、本当はこのスキー合宿には参加するつもりは無かったの。やっぱりXデーの事で色々言う人はいるし、私をどうにか出来ると思って言い寄って来る人もいたから」

「そうですよね」

「でも明華さんがこの合宿に参加するって聞いて……私も居ても立ってもいられなくなっちゃって……それで参加する事にしたの」

俺は黙って彼女の顔を見つめていた。

「こんな気持ち、自分でも醜いかなって……それを見透かされて、一色君も離れていっちゃったのかなって……」

「そんなこと言わないで下さい！　俺だって燈子先輩と一緒にいたいです。出来ればずっと！」

燈子先輩は微かに頷くと、まるで息が漏れるように呟いた。

「私も、君と……」

俺はしばらくそのまま動かずにいた。

いや、動けなかったのかもしれない。

でもこの状況、燈子先輩もやっぱり俺に好意を持ってくれているんじゃないか？

今なら、燈子先輩は俺を迎え入れてくれるんじゃないのか？

俺はまだ硬直したままの形の手を、そっと燈子先輩の背中に接触させた。

そのまま軽く開かれた燈子先輩の唇に、自分の唇を近づける。自然に目を閉じていた。

あと数ミリで接触する……

「す〜、す〜」

彼女の安らかな寝息が聞こえて来た。

俺は目を開いた。

燈子先輩は完全に眠っているようだ。

何の穢《けが》れもない、少女のようなあどけない表情で。

途端に俺の欲望は夢散した。

……眠っている間に唇を奪うなんて、やっぱり無しだよな……

そうだ、俺と燈子先輩が先に進む時は、二人の間に完全な信頼と合意があった時でなければならない。

そうでなければ、俺たちにとって素晴らしい思い出にならない。

だから俺は燈子先輩が眠っている今の状況では何もしない。何もしたくない。

それに一美さんも言ってたしな。『アタシが帰ったら困るような事はするな』って。

もっともキスくらいなら許容範囲だとは思うんだけど。

俺は苦笑するとベッドから身体を起こそうとした。

『燈子先輩と何もしない』と決意はしたが、さすがにこの密着度は精神的に拷問だ。

しかし離れようとした俺の身体を、燈子先輩は無意識に押さえた。

「んん」

パーカーの背中の生地を強く摑んでいる。抱き枕状態だ。

……このまま無理に離れるのもアレかな。せっかく寝たところを起こしちゃ悪いし。もう少しだけこのままでいよう……

俺は力を抜いて、燈子先輩と同じベッドに再び体重を預ける。

そしてもう一度、燈子先輩の寝顔を見つめた。

……燈子先輩。ありのままのアナタは本当に可愛《かわい》いですよ……

俺は心の中で改めてそう呼びかけた。

燈子先輩の甘い吐息が、温かい体温が、柔らかい身体が、俺の全身で感じられる。

何か心の中が温かくなる感じがした。すごく安心できる気がする。

そして……いつしか俺も、そのまま眠りに落ちていた。

八　心がざわつくスキー合宿二日目

「い、い、一色君《いっしき》……」
俺の眠りは女性の震え声で破られた。
……なんだ……一体……
かなり眠い中、俺は無理やりに瞼を開けた。それでも半分開いたかどうか？
いつもと景色が違う。ここは俺の部屋じゃない、どこだ？
……そうか、俺はスキー合宿に来ていて……
だがまだ記憶がハッキリしない。状況が理解しきれない。
と言うか、そんな事はどうでもいい。
ともかく眠い。身体が「寝てろ」と言っている。
別に起きる時間が決まっている訳じゃないから、まだ寝ていても問題ないだろう。
「一色君、お願い、起きて！」
そう言って身体を揺さぶられた。
……なんだよ、うるさいなぁ……

俺は再び薄く目を開けた。

ボンヤリとした視界の中で、髪の長い女性のシルエットが見える。

……女の人？　なぜ……？

焦点が段々合って来る。

それに伴って、俺の横で正座している女性の顔もハッキリして来た。

「え、燈子《とうこ》先輩？」

思わず俺はそう声を出していた。もしかしてこれは夢なのか？

「一色君、どうしてアナタはここにいるの？」

燈子先輩は正座したまま、俺を非難するような目で見る。

「いや、どうしてって、燈子先輩こそなぜここに……？」

俺は目をこすりながら上体を起こした。

「なぜって、ここが私と一美《かずみ》の部屋だから」

そう言われてハッとなった。

そうだ、俺は昨夜、一美さんに言われて酔った燈子先輩を部屋まで運んできて……

そのままココで眠り込んでしまったのだ。

「今度は一色君の番、なぜアナタがココで寝ているのか、ちゃんと説明してもらえる？」

燈子先輩は強張《こわば》った顔でそう聞いて来た。

いや聞いて来たというより、完全に詰問口調だ。

「それは……昨夜、燈子先輩はけっこう酔っていて……それで俺が一美さんに言われてこの部屋まで連れて来たんです。燈子先輩はグッタリしていたので、ベッドに寝かそうとしたら、強く摑まれてそのまま一緒に……途中で帰ろうと思ったんですけど、燈子先輩が俺の服を摑んでいたから……そしたら俺もそのまま眠ってしまって……」

話はしどろもどろだが、辛うじて俺は昨夜の全貌を説明する事が出来た。

「そうなの？　そう言えば確かに、宴会の最後の方は一色君と話していたわね。断片的にしか覚えていないけど……。あ、この部屋にも連れてきて貰《もら》った記憶が微かにあるかも……」

そう言って燈子先輩は自分の額に左手を添えた。

一応納得はしてくれたようだが……燈子先輩の様子が気になった。

「そんなに記憶があやふやなほど飲んだんですか？　燈子先輩はいつも自分を保って飲んでいると思いましたが」

「うん、昨日は自分でも飲み過ぎちゃったと思う。勧められた分もあったし」

「どのくらい飲んだんですか？」

「ビールは二杯くらいだったかな？　その次は缶のぶどうサワーとレモンサワーで、後からワインと日本酒を勧められて一杯ずつだったかな？」

それだけチャンポンで飲んだら、そりゃ悪酔いもするだろうな。

「ところで……」

燈子先輩は押さえた左手の下から、鋭い目で俺を睨《にら》んだ。

「はい？」

「その……なにか……してないでしょうね？」

「ハイッ？」

二回目の「ハイッ？」は一回目より声が裏返っていた。

「その……あの……変な事とか……」

燈子先輩がかなり怖い顔をしている。

「してない、してない、してないですよ！　まったく、全然、指一本触れてないです！

いや、抱きかかえて連れて来たから指くらいは触れてますけど……でも変な事は一切して
いないです！　本当です！　信じて下さい！」

俺は焦ってそう弁明した。

実際、何もしていないのに、そんな事を疑われたんじゃたまったもんじゃない。

「確かに服も昨日のままだし、何かされたような感じもないから、本当に何もないと思う
けど」

「そうですよ、何かあったら洋服とかそのままなんて有り得ないです」

キスしようとした事は黙っていよう。

燈子先輩は「ほぉ～」っと安堵《あんど》らしいタメ息を漏らした。

しかしすぐに顔を上げる。

「でも君と朝まで同じ部屋にいたっていうのはマズイわ。今の段階でも私たちは噂《うわさ》の的なのに、これ以上注目されるのは避けたい」

それを聞いて俺は「今さらって気もするけどな」と思ったが、黙って頷《うなず》いた。

「だから君はすぐに自分の部屋に戻って！　みんなが起きて来る前に！」

「今は何時ですか？」

「午前四時過ぎ。夜遅くまで飲んでいる人でもこの時間なら潰れて寝ているだろうし、早く切り上げた人もまだ寝ている時間のはず。だから今なら人目に付かないと思う」

「わかりました」俺はすぐに立ち上がった。

ドアの前まで燈子先輩がついてくる。

「今夜の事、誰も知らないわよね？」

「一美さんは知っていると思いますけど」

「そう言えばどうして一美は帰って来てないのかしら？」

言われてみて、俺も疑問に思う。一美さんは『しばらくここで飲んでる』とは言っていたが、そこそこの時間で切り上げて部屋に戻って来るような言い方だった。

「俺が宴会場を出る時、一美さんは美奈《みな》さんたちと一緒に『しばらくここで飲んでいる』って言ってました。だから他の部屋で寝ているんじゃないでしょうか？」

俺がとりあえずそう答えると、燈子先輩も納得したようだ。

「そうだったんだ」

「じゃあ俺は行きます。燈子先輩は一人だからキチンと鍵をかけておいて下さいね」

まさかと思うが、悪ノリした連中が来ないとも限らない。

このサークルは真っ当な方だと思うが、中には酔って道を踏み外す奴《やつ》もいるかもしれない。用心に越したことはないだろう。

「わかったわ。それじゃあまた後で」

「はい、また後で」

俺はそう言って燈子先輩の部屋を出た。

幸い、廊下に人影はなかった。

俺は素早く燈子先輩の部屋を離れると、別フロアにある自分の部屋へ急いだ。

（一応、男女でフロアは分かれている）

自分にあてがわれた部屋にカードキーを差し込み、ロックを解除して中に入る。

左側が石田《いしだ》のベッド、右側が俺のベッドで……

その俺のベッドから布団がむくりと起き上がった。

中から顔を出したのは……明華《めいか》ちゃんだ。

「今まで、どこに行っていたんですか、優《ゆう》さん！」

明華ちゃんは尖《とが》った声で突き刺すように言った。

「え、どこって別に。それより明華ちゃんこそどうして俺たちの部屋に？」

「私は知らない女子大の人と相部屋だし、一人で部屋にいるのもつまらないから、お兄ちゃんと一緒にこの部屋で優さんを待っていたんです」

ここで俺を待っていただって？

俺は隣の石田のベッドを見た。

だが石田は爆睡している。コイツは昔から少々の事では起きないヤツだ。

「それで、優さんは今までどこにいたんですか？」

明華ちゃんの大きな可愛い目が、今は獲物を狙う猫のような目になっている。

正直、怖い。

「いや別にどこって訳じゃないよ。広間で宴会をしていただろ。そのままアソコで寝ちゃっただけで……」

「ウソです！」

明華ちゃんがキッパリと言った。

さらに目つきが険しくなる。猫の目が豹《ひょう》の目になったようだ。

「優さんの戻りがあんまり遅いから、私、宴会場を見に行ったんです。そこには優さんはいませんでした」

「そ、それはきっと、アレだよ。俺がトイレに行った時かな？」

「三回ともたまたまトイレに行っていたって言うんですか？」

『言い逃れは出来ないぞ』と言わんばかりの剣幕《けんまく》だ。

刑事に追及される容疑者って、こんな気持ちなのだろうか？

いや、このシチュエーションはアレだな。

新婚早々に浮気して朝帰りになった夫を、妻が問い詰めるシーンだな。

この時、俺はそんなくだらない事を考えていた。

「まさか……燈子さんと一緒にいたんですか？」

明華ちゃんの目が光ったような気がした。

俺は思わずゴクリと唾を飲み込む。何も言う事ができない。

「やっぱり……優さんは一晩中、燈子さんと……」

明華ちゃんが悔しそうに下唇を噛《か》み、布団を強く握りしめる。

「ちょっと明華ちゃん、なにか誤解しているようだけど……」

「優さん、不潔です！」

明華ちゃんはそう言うと、勢いよく俺に背を向けて布団を被《かぶ》った。

……そこ、俺のベッドなんだけど……

だからと言ってこの雰囲気で「俺が寝るから、明華ちゃんは自分の部屋に戻って」とは言えなかった。

……仕方ない……

俺は石田のベッドに潜り込んだ。

石田が邪魔そうに身じろぎするが、無視してケツで石田を押しのける。

……あ〜あ、数時間前は燈子先輩の柔らかい身体《からだ》が隣だったのに、今は石田の固い身体と同じベッドか……

あまりの落差に自分でも可笑《おか》しくなってくる。

そう思った時だ。

「優さんのバカ……もう知らない……」

隣のベッドから、そんな小さな声が聞こえて来る。

いや、そう言われても……俺たち、別に付き合っている訳じゃないんだし。

だが俺は何か自分が悪い事をしたような気持ちになっていた。

それを打ち消すように目を閉じた。

二時間ちょっとの仮眠を取り、俺と石田、明華ちゃんの三人は朝食のために食堂に行った。

「なあ、何かあったのか？」

俺と明華ちゃんの微妙な雰囲気を察したのか、石田がそう聞いた。

「別に何もないよ」

俺がそう言うと、明華ちゃんは鋭い目で一瞬だけ俺を睨んだ。

彼女の全身から黒い負のオーラが発せられているようだ。

「もしかして、優が昨夜戻ってこなかった事で、明華がむくれているのか？」

石田がまったくデリカシーのない発言をする。

「おい、石田」

俺が咎《とが》めると石田は「やっぱりそうか」と事も無げに言う。

「あのな明華、オマエにゃ解《わか》らない『大人の事情』があるんだよ」

ちょっと待て、石田。別に昨夜は『大人の事情』なんて一切ないぞ！

だがそれを聞いても明華ちゃんは返事をしない。

石田が「ヤレヤレ」と言った後だ。

「じゃあ優、今日は明華と一緒にいなくていいぞ。こうなったら明華はどうにも出来ない。コイツの相手は俺がするから、優は好きなようにしていてくれ」

するると明華ちゃんが顔色を変えた。

「ダメ！　今日は優さんは私と一緒にいるの！　もうオリエンテーリングのチームも二人で申し込んで来たんだから！」

「「えっ」」

俺と石田がほぼ同時に声を上げた。

そんな、いつの間に？

明華ちゃんがまたもや俺をキツイ目で見つめた。

「優さん、過ぎた事は言っても仕方ないです。でもその代わりに、今日は私に付き合って下さい！　いいですよね？」

「あ、ああ」

「夜もですよ！　私が部屋に戻る時には、優さんも一緒に戻る事！」

「う、うん」

思わず俺は、彼女の勢いに飲まれて承諾してしまった。

この日の午前中は、俺と石田、そして明華ちゃん以外に『昨日石田と一緒だった女子大の二人』で一緒に滑っていた。

俺としては燈子先輩も一緒に誘いたかったのだが、この日の燈子先輩は明らかに俺を避けていた。

俺の顔を見ると視線を外して離れていくのだ。

そこで俺は、リフト券売り場にいた燈子先輩にタイミングを見て近づいてみた。

そこなら俺を無視する事はできないだろうと考えたのだ。

「あの、燈子先輩」

俺がそう声をかけると、燈子先輩は顔を伏せてスッとその場から離れて行った。

もう間違いない。燈子先輩は俺を避けている。

……やはり昨夜の事が原因だろうか……

でもこの件に関しては、俺がどうする事も出来ない。俺が悪い訳でもない。

そんな俺たちの雰囲気を敏感に察知した一美さんが話しかけて来た。

「昨日、燈子と上手《うま》く話せなかったの？」

「それが、俺も燈子先輩も寝落ちしちゃって、あんまり話せてないんです」

俺は昨晩の状況を簡単に説明した。

「なんだよ、せっかくこのアタシが二人の時間を作ってあげったっていうのに。何やってんだよ！」

そう言って一美さんは呆《あき》れ顔《がお》で腕組みした。

「でも燈子先輩は昨夜はかなり酔っていて。ちゃんと話せるような状況じゃなかったんですよ」

「それでも一色君は燈子に自分の気持ちくらいは伝えたの？　酔っていればこそ『自分が好き』って言われれば、燈子も本音を言うかもしれないじゃないか」

「いえ、俺もまだ何も……それに酔ってる時に告白とかもどうかなって」

するとー美さんは呆れた目で「ハァ〜」とタメ息をついた。

「そりゃ君が言っている事は一般的には正しいけどさ。でもそれじゃ男女の関係は永遠に進展しないよ」

「永遠に進展しない、ですか？」

「そうだよ。時代が変わっても、女の子は『告白とプロポーズだけは、男の方からして貰いたい』と思っているんだよ」

「それは解りますけど、でも相手によってはヘタに距離を縮めようとしたら、今までの関係が壊れてしまいますよね。俺はそれが怖いんです」

「その点については、アタシは大丈夫だと思うよ。燈子は一色君を意識しているよ」

「でも、いつも肝心な所で微妙にはぐらかされているような気もするんです」

「だからと言って、このままっていうのも無いだろ。男が煮え切らない態度だと、女の気持ちも離れていっちゃうかもしれないよ」

それは困る。俺だって燈子先輩との距離を縮めたいと思っているのだ。

だがタイミングや様々な問題がいつも邪魔をしているのだ。

「でも朝から燈子先輩、俺の事を避けているんです。さっきだって……」

それを聞いて一美さんは燈子先輩の方に視線を向けた。彼女は他の女子と話している。

「わかった。燈子の気持ちはそれとなくアタシが聞いておくよ」

「よろしくお願いします」

俺はホッと胸をなでおろした。だがすぐに一美さんの厳しい言葉が飛ぶ。

「そんな事で安心してちゃダメだよ。結局は自分次第なんだから。アタシがしてあげられるのはキッカケを作る事だけ。二人の関係を進めるのは一色君の役目だよ」

最後にそう言い残して彼女は離れていった。

一美さんと離れた俺は石田たちの所に戻った。

明華ちゃんが「あの人と何を話していたの？」と聞いて来るが、俺は「別に、ただサークルの話だよ」と答える。

今日は全員がスノボだ。石田はスノーボードがけっこう上手い。

二人の女子大生に「石田くん、カッコイイ！　私たちにも教えて！」と言われて鼻の穴を膨らませていた。

まぁ気持ちは解るが。

その横で俺と明華ちゃんは、ノロクサとスノボで滑る。

だが俺は「明華ちゃんは本当はもっとスノボが上手いんじゃないか？」と勘ぐっていた。あえて俺に合わせてノロノロと滑っているように思える。

何度も派手に転倒した事と、午後にはサークルのイベントでオリエンテーリングがあるため、俺たちはスノーボードを午前中で終了とした。スキーに履き替える。

そうして十二時少し前。

早めの昼食を取り終わったサークル・メンバーは、全員がゲレンデ正面のリフト券売り場横に集まった。

正面に立った中崎《なかざき》さんが拡声器を手にする。

「あ～、それではこれからオリエンテーリングを開始します。それぞれ二人一組のペアになって貰います」

俺の隣には明華ちゃんがいる。既にペアは彼女が事前申請している。

「皆さんにはマップを配付します。マップには十か所のフラッグ・ポイント（通過ポイント）が示されています。これらのフラッグ・ポイントには係員がいて、到達する毎《ごと》に点数カードに得点が付与されます。各フラッグ・ポイントに最初に到着した人は三点、二番目の人は二点、三番目以降は一点です。なおフラッグ・ポイントに来る時は必ずペアが一緒でなければなりません。一人だけの場合は通過とは認められませんので注意して下さい」

なるほど、それならマップを見て近い所を要領良く回り、出来るだけ一番最初に通過するようにすれば点数が高い訳だ。

「なおフラッグ・ポイントでは、封筒に入った『イベント・カード』を貰う事ができます。受け取り拒否も可能です。そのイベントはクイズやミニゲームになっています。イベントをクリアすれば、その難易度に応じた点数が与えられます」

ん？　という事は多くのポイントを回るより、場合によってはイベント・カードのイベントをクリアした方が点数が高くなるのか？

「また十か所のフラッグ・ポイント以外に、三か所の隠しフラッグ・ポイントもあります。ここは順位に関係なく三点が貰えます。見つけた人はラッキーです。なお隠しフラッグ・ポイントには人がいませんが、フラッグはありますので、代わりにそこで写真を撮ってきて下さい。ゴール時にその点数を加算します」

つまりまとめるとこういう事らしい。
・フラッグ・ポイントは十か所ある。通常の点数は一点だが、一番最初に到着したペアは三点、二番目のペアは二点が貰える。
・フラッグ・ポイントは必ずペアで訪れなければならない。
・フラッグ・ポイントでは『イベント・カード』が貰える。カードを受け取るかどうかは自由だが、クリアすれば追加点が貰える。
・十か所のフラッグ・ポイント以外に、三か所の隠しフラッグ・ポイントがある。見つければ三点貰える。

スキーの上手い・下手だけで勝負は決まらない、中々考えられたゲームだな、と思った。

「なお合計得点一位のペアには、明日のリフト券＋今日の晩飯として信州牛のテンダーロイン・ステーキが贈られます！　二位のペアは信州牛のサーロイン・ステーキ！　三位のペアは信州牛のハンバーグです！」

「うお〜！」という歓声が上がった。

『信州牛』と言えば長野県の代表的なブランド和牛だ。レストランで食べれば一万円近いんじゃないか？

肉好きの若者としては、これはモチベーションが上がる賞品だろう。

「頑張りましょうね、優さん！」

すっかり機嫌が直ったらしい明華ちゃんは、俺の腕を摑《つか》んで笑顔でそう言った。

「ああ頑張ろう。そして夕食はステーキだ！」

俺も明るくそれに答えた。

「なお終了時間は午後四時。いまから四時間後です。それまでにここに戻ってきて下さい。終了時間を過ぎた場合は、理由の如何《いかん》を問わず失格になります。集めた得点も無効です」

この説明からして、ポイント全てを回る事はほぼ不可能なのだろう。

鍵はおそらくイベントと隠しフラッグ・ポイントだと思われる。

闇雲に走り回るのではなく、戦略を考える事が重要だ。

やがて全員にマップと点数カードが配られる。

マップを見て、俺は先ほどの予想が正しい事を確信した。

周囲を見るとスキーに自信のあるヤツは「お～し、このポイント全部で高得点を取ってやる！」と息巻いている。

だがこのゲームのルールでは、それでは勝てないだろう。

「女とペアを組んでいる軟派な陽キャチームにゃ負けないぞぉぉぉ！」

近くにいた男二人のペアの奴《やつ》が吠《ほ》えた。ちょっと笑える。

再び中崎さんが拡声器を構える。

「それではいよいよスタートします。野郎ども、見事華と散って来い！　3……2……1」

「童貞のまま散りたくねぇ～」

またどこかのバカが叫んだ。みんなが笑う。

「スタート！」

中崎さんの声と共に、オリンピック競技かと思うような勢いで飛び出して行くヤツラが半数以上いた。

その中には石田の姿も見える。石田は午前中一緒だった女子大の子の一人とペアを組んだらしい。

だが俺はすぐにはスタートしなかった。じっくりとマップを見る。

「優さん、どうしたんですか？　出発しないんですか？　もうみんな行っちゃいましたよ」

明華ちゃんは少し焦ったように、俺を急《せ》かした。

「明華ちゃん。このゲームは単純にフラッグ・ポイントを早く回れば勝てる訳じゃないよ」

俺は彼女にマップを見せた。

「見てごらん。フラッグ・ポイントはスキー場のほぼ全域に散らばっている。山頂に近い場所なんか、リフトを何本も乗り継いで行かねばならない。それだけでかなりのタイムロスだ」

地図を覗《のぞ》き込んだ明華ちゃんも真剣そのものだ。元々陸上部所属というスポーツ少女なだけに、こういうゲームには競争心が燃えるのだろう。

「それに対して、手頃な回れそうなフラッグ・ポイントはメインコースの四か所だけだが、ここはスキーの上手いペアがすぐに一位二位を取ってしまうだろう。だけどそこまでだ。スキーが上手くても山頂のポイントや林間コースのポイントを取りに行ったら制限時間までには戻って来れない」

「どうしてそんな無理なポイントを設定したんでしょうか？」

「そこがこのゲームの鍵なんだよ。スキーの上手い奴が勝って当然のゲームじゃや、他のメンバーは面白くないだろ？　このサークルにはスキーが初めての人も沢山いる。そういう人たちにも勝ち目があるように、イベントや隠しフラッグ・ポイントによるボーナス点があるんだよ」

「なるほど、さすが優さんです！　頭いい！」

明華ちゃんは目を輝かせてそう言ってくれた。

「いや、そんなに甘くないよ。俺以外にもこの事に気づいている人は沢山いる。周りを見てごらん」

そう言われて明華ちゃんは周囲を見渡した。

まだ全体の四割近くはスタート地点に残っていた。

中には単にスキーが苦手で「回れる所はどこだろう？」と悩んでいる人もいるだろうが、俺と同じように「ボーナス点も含めて効果的な回り方」を考えている人もいるに違いない。

そして『絶対にこの事に気づいている人』が俺の目に映った。

燈子先輩だ！

燈子先輩はスキーはけっこう上手いはずだ。

それなのに今もこのスタート地点でマップを見ている。

彼女も『より効率的なフラッグ・ポイントの戦略』を考えているに違いない。

なお燈子先輩は一美さんとペアを組んでいた。一美さんはスキーもスノボも得意だ。

「よし！」

俺はマップを畳んでポケットにしまった。

「とりあえずは一番近くのメインコースにあるフラッグ・ポイント四つを回ろう。それでどんなイベントが用意されているのか、知る事ができる」

「わかりました！」

明華ちゃんは元気よく返事をした。


俺たちは最初のフラッグ・ポイントに到着した。

当然、一位と二位は既に決まっているので、ここでの点数は一点だ。

フラッグ・ポイント係からイベント・カードを貰う。

このイベント・カードは貰わない事も可能だ。

イベント・カードの中を見るとクイズだった。

係員が尋ねる。「長野県の県鳥は？」

「雷鳥です！」

明華ちゃんが即答した。これでプラス二点だ。

点数カードに係員が点数を書き込んでサインする。

二番目のフラッグ・ポイントに向かう。

ここでもイベント・カードを引いた所、「二人でデュエット曲を歌う」だった。

わざわざそのためにiPhoneとスピーカーまで用意してあった。

「デュエット曲なんて、俺は知らないけど？」

そう言う俺に対し、明華ちゃんはいくつか曲名を挙げた。

しかし残念ながら、どれも俺は知らない。

最後に『ラブコメマンガのアニメOP』の名前が挙がり、それを二人で歌う事になる。

このフラッグ・ポイントはコースでも端の方にあるが、それでもゲレンデでデュエットを歌っているヤツは珍しいため、相当に目立っていた。

横を滑るスキーヤーやボーダーが怪訝《けげん》な目で俺たちを見ていく。

けっこう恥ずかしいぞ、コレは。ゲームはゲームでも罰ゲームだ。

そこまでの恥辱に耐えたのに、貰えた点数は三点だった。

これで合計七点。まあまあのペースだろう。

三番目のフラッグ・ポイントでも同様にイベント・カードを貰う。

だがここでのイベントは『十五分以内に次の通過ポイントに行く。成功すればプラス三点だが、出来なければマイナス二点』と書かれてあった。

イベントは拒否できると説明があったが、この場合は『カードを引いた時点で強制イベント』という事で拒否できないらしい。

「今の場所ではイベント・カードを貰わなければ良かったですね」

明華ちゃんが悔しそうに言った。

「仕方がないよ。まずはどんな種類のイベントがあるか知る必要があるし、そもそもこのゲームはイベントをこなさないと勝つことは出来ないから」

そう言って次のフラッグ・ポイントを目指す。

一番近そうなのは、ここから一本リフトを上がってすぐの所にあったが、リフト待ちで時間を食ってしまい十五分では到達できなかった。よって三番目と四番目のフラッグ・ポイントがプラスマイナス・ゼロとなって七点のままだ。さらにツイてない事にここではクイズも答えられなかった。

「どうやらイベント・カードには『クイズ形式』『ゲーム形式』『強制イベント』の三つがあるみたいだね」

俺がそう言うと明華ちゃんが首を傾《かし》げた。

「イベント・カードは解ったんですけど、隠しフラッグ・ポイントはどうやれば見つけられるんですか?」

すると四番目のフラッグ・ポイント係の人が別のカードを差し出す。

「三か所以上のフラッグ・ポイントを回った人には、四番目から二つ通過するごとにヒントを一枚渡すんだ」と説明してくれる。

俺は受け取ったそのカードを開いた。

『米　16　GOMID』と書かれている。

「なんですか、これは？」そう聞いたのは明華ちゃんだ。

「だからさっき言った通り、隠しフラッグ・ポイントのヒントだよ。これが解ければ一つは解るんじゃないかな？」

ポイント係はそう言って笑った。

これでメインコース近くにあるフラッグ・ポイントは四つとも回った。

ここまではおそらく全員が回っているだろう。

後はどこのポイントを回ってどれだけイベントをこなすか、または隠しフラッグ・ポイントを見つけるかだ。

「とりあえず西側を回ってみようか？」

メインコースの東側も西側も、フラッグ・ポイントは三つずつある。

マップを見ると、東側ゲレンデの方がコース同士が近接している。

もちろんコースが近い方が回りやすいかもしれないが、西側ゲレンデの方がコースが離れている分、隠しフラッグを設置しやすいと考えたのだ。

そして昨日、俺と明華ちゃんが滑った林間コースは西側にあるため、ある程度は状況が解っている。

俺たちはリフトに乗りながら、先ほど貰《もら》った隠しフラッグ・ポイントのヒントを眺めた。

「この『米　16　ＧＯＭＩＤ』って何でしょうね？　やっぱり謎解き？」

明華ちゃんはそう言ったが、俺は疑問だった。

「そうかもしれないけど、謎解きならもっとヒントというか、解くための鍵が書かれているると思うんだ。『米　16　ＧＯＭＩＤ』だけだと鍵が少なすぎて謎解きにならないような」

「米って字は『八十八』に分解できますよね？　それと関係あるとか？」

「そうだね……」

俺はただ曖昧に返事をしたが、明華ちゃんは「そうだ！」と大きな声を上げた。

「米が『八十八』なら『８＋８』、だから『16』！　これが答えじゃないですか？」

「それって場所はドコなの？　それに最後の『ＧＯＭＩＤ』は？」

「……」

俺が素で聞いたら、明華ちゃんは沈黙してしまったようだ。

しばらくして明華ちゃんが不満そうに口を尖《とが》らせる。

「私ばっかりに考えさせないで、優さんも考えて下さいよ……」

「ゴメン、ゴメン。いや、俺はこれでも考えてるんだけど、何も浮かばないんだよ」

強引にこじつける事はいくらでも出来る。

だがそんなこじつけで出るような答えのはずはないと思うが。

「寒くなって来ましたね」

明華ちゃんがそう言って身体《からだ》を竦《すく》めた。

言われてみると空が曇りだして風が出て来た。

と思っていたら、パラパラと細かい雪まで降り出している。

「リフトの上だと風が避けられなくて、余計に寒いよね」

そう言いながら俺は時間を見る。もう午後三時に近い。

次のフラッグ・ポイントでイベントをこなしたら、一旦スタート地点に戻った方がいいかもしれない。

明華ちゃんが身体を寄せて来る。今は寒いのだから仕方がない。

顔を上げると、ケーブルの先にリフト降り場が見えていた。

五つ目のフラッグ・ポイントに到着した。この先に昨日滑った林間コースの入口がある。

「ううっ、寒い！　ここでじっと待っているのはかなり辛《つら》いよ」

フラッグ・ポイント係の人がそう言った。

係員はみんなサークルを引退したＯＢが引き受けてくれている。

この人は大学院二年の先輩だ。

「オマエラはいいなぁ。動いているから温かいだろ。俺たちは携帯カイロだけが頼りだよ」

そう言って身体を小刻みに動かしている。

「あと一時間もないですよね。それまで頑張って下さい」

俺たちがリフトを降りる時には、だいぶ雪も本降りになっていた。それに風も出ている。

「サンキュー、ところでオマエたちはイベントはやるのか？」

「もちろんです」

係員がイベント・カードを差し出した。それを受け取って開く。

中に書かれていたのは……

ポッキー・キス

二人で一本のポッキーを咥《くわ》えて、折らずにどこまで食べられるか？
残った長さで、以下の得点が貰える。
二センチ以下なら十点
五センチ以下なら五点
八センチ以下なら三点
それ以上、または折れた場合は〇点

……マジか……？

さすがに俺は目が点になった。

だって二人でポッキーを咥えて二センチなんて、絶対に唇と唇がくっついているぞ。

カードを見た明華ちゃんも、赤い顔をして固まっている。

「どうする、やるか、やらないのか？　このイベントは拒否権アリだぞ」

係員が面白そうにそう聞いた。

「……」

……いや、さすがにコレは出来ないだろ。でも俺からそれを言い出すのは……

俺が明華ちゃんの様子を窺《うかが》おうとした時。

「やります！」

明華ちゃんが勢い良くそう答えた。

「えっ？」

驚きの声を上げた俺を、明華ちゃんは振り向いた。

「だって十点なんて今までにない高得点じゃないですか！　ここで十点が取れれば、今までの点数と合わせて十八点で一気に二倍以上です！　グッと優勝に近づきますよ！」

「それはそうだけど……明華ちゃんはいいの？　だってポッキー・キスだよ？」

思わず語尾が小さくなる。

「私は平気です。だって優さんとですから……」

やはり明華ちゃんの語尾も小さくなった。

それを見ていた係員がニヤニヤしながらポッキーを取り出す。

「言うねぇ。俺の方まで熱くなって来たよ。一色も女の子にここまで言わせているんだ。やらない訳にはいかないだろ？」

躊躇《ちゅうちょ》している俺に代わり、明華ちゃんがポッキーを受け取った。

そうして口に咥える。

仕方がない……俺もポッキーの反対側を口に咥えた。

係員の人が言った。

「準備はいいか？　ポッキーが折れたり落としたりしたら失格だからな。二人とも身体を固定させた方がいいぞ。ホラホラ、恥ずかしがらないでお互い相手の腕を摑《つか》んで……そうそう、そんな感じ。どっちかが口を離したら、そこでストップだぞ」

俺たちは本物の恋人がするように、お互いの二の腕を摑んでいた。

「よぉ〜い、スタート！」

その掛け声と共に、俺と明華ちゃんはポッキーを食べ始めた。

とは言うものの、俺の方はほとんど口を動かしていない。ただ落ちないように口に咥えているだけだった。

その一つの理由は、二人が同時に食べるとその振動でポッキーが折れてしまいそうだからだ。

そしてもう一つの理由は……やはり俺は躊躇していたのだ。

……このまま食べ続けたら……俺と明華ちゃんは、絶対にキスしちゃうよな……

明華ちゃんは時々は止まりながらも、順調に食べ進んでくる。

そして……見えている部分が五センチを切った。おそらく得点になる八センチには入っただろう。

それでも明華ちゃんは食べ進んでくる。俺の腕を掴む手にも、力がこもっていた。

……明華ちゃん、本当にこのまま俺と……？

既に明華ちゃんが口を動かす感触が、ポッキーを通して俺の唇にダイレクトに伝わって来る！　微妙に舌を動かしている事さえわかるぐらいだ。

もう見えている部分は二センチ程度しかない！

……い、いいのか、俺？　本当にこのまま明華ちゃんとキスしちゃうのか……？

……ゲームとは言え、こんな流れでキスとかしちゃっていいのか……？

……ちょっと待て、相手は親友の妹だぞ。この子とキスして責任取れるのか？　俺が本当に好きなのは……

「ちょっと聞きたい事があるんだけど？」

不意に呼びかけられた声で、俺は思わず口を離してしまった。

声の方を振り向くと、係員の背後にいたのは一美さんだ。

「お～っと、そこで終了！」

係員がゲームの終わりを告げる。

明華ちゃんはまだポッキーを口に咥えていた。

係員が「じゃあポッキーを見せて」と言うと、何か寂しそうな様子でポッキーを手渡した。

「あ～、四センチだね。けっこう行ったね。得点は五点だ」

係員はそう言って俺たちの点数カードに得点とサインを書き込んだ。

そして「何の用？」と言って一美さんの方を振り返る。

一美さんは当初、俺たちを怪訝《けげん》な目で見ていたが、すぐに係員の方に目を向けた。

「さっきアタシたちはココを通りましたよね。その後に燈子の姿を見ませんでした？」

問われた係員は首を傾《かし》げた。

「いや、見てないけど。どうして？」

「ここを降りた所で待ち合わせていたのに、いつまで待っても燈子が来ないんです。それでもう一度リフトに乗ってここまで来たんですけど……」

それを聞いて俺は話に割り込んだ。

「一美さん、燈子先輩と逸《はぐ》れたんですか？　どうして？」

俺は不安になった。燈子先輩はスキーが上手いはずだ。それがどうして？

一美さんが俺を見る。

「この先でアタシたちは隠しフラッグ・ポイントを探していたんだ。隠しフラッグ・ポイントは係員がいる訳じゃないから、まずは手分けして探そうって話になって。それで二人で別々に探していたんだけど、さっき言った通り待ち合わせの場所に燈子が来ないんだ」

一美さんも珍しく不安な表情を見せる。

「その隠しフラッグ・ポイントのヒントを教えて貰えますか？」

「ヒントの紙は燈子が持っているんだ。ただ内容は覚えている。『米　16　GOMID』って書かれていた」

「俺たちのヒントと一緒だ」

その時、係員が持っていたスマホが鳴った。

「あ〜、俺だけど。え、何だって？　もう戻れって？　天候が悪い？　解った、じゃあ予定を早めて後十五分で撤退な」

電話を切ると係員が言った。

「天候が悪くなって来たから、各フラッグ・ポイントの係員はあと十五分で引き上げる事になったよ」

確かに、雪も風もかなり強くなっている。

今は午後三時十五分。これから気温も下がるし、暗くなってくる。

そんな状況なのに燈子先輩が戻って来ないとは、どういうことか？

「俺も燈子先輩を探します。一美さんは明華ちゃんと一緒にここを降りて、燈子先輩との待ち合わせ場所で待っていてくれませんか？」

「え？　優さん！」明華ちゃんが驚いた顔をする。

そんな明華ちゃんに俺は言った。

「燈子先輩はスキーは上手いはずなんだ。それなのに待ち合わせ場所に来ないなんて、何かあったのかもしれない。放ってはおけないよ」

「大丈夫なのか？」

一美さんは俺にそう確認する。

「俺も同じヒントを貰《もら》っています。それを辿《たど》れば解るはずです」

係員が申し訳なさそうに口を開く。

「俺が知っていればいいんだけどな。隠しフラッグを設置したのは別の奴《やつ》だから、俺たちも知らないいんだよ」

「いえ、いいんです。それじゃあ俺は行きます。一美さん、明華ちゃんをよろしくお願いします」

「わかった。アタシも下に降りながら、もう一度燈子を探してみるよ」

俺は右手を挙げて「了解」の意図を伝えると滑り出した。

そんな俺を、明華ちゃんは悲しそうに見ていた。


「クソッ、けっこう吹雪《ふぶ》いて来たな」

俺の口からそんな不満が漏れる。

ゴーグルにすぐ雪が付着するし、口を開くと雪が飛び込んでくる。

天気が崩れて来たせいか、ゲレンデにいる人の姿も少なくなってきたようだ。

……この先もうちょっと行くと、昨日滑った林間コースだよな……

そこで俺はどうでもいい事を思い出していた。

予備校の英語の先生が言っていた事だ。

「アメリカの第十六代大統領、エイブラハム・リンカーンは、本当の発音は『リンカン』か『リンケン』に近いんだよ。だから今は教科書でも『リンカン』と表記されている場合が多いんだよね」

俺はハッとして立ち止まった。

……リンカン……林間……？

俺はヒントのカードを取り出した。

『米　16　ＧＯＭＩＤ』

これは『米　16』は『米国第十六代大統領、エイブラハム・リンカーン』で『林間コース』を指し示しているのでは？

そして『GOMID』は「Go Mid」、「中へ」つまり『中級コースへ』の意味だ。

「ヘッタクソな暗号にしやがって！」

知識が必要なクイズならクイズ、謎解きならちゃんと解ける鍵を示した謎解きのドッチかにしろって言うんだ！

俺は胸の中で暗号を作った奴を罵りながら、林間コースへ向かった。

――雪が降ると逆に滑りにくい――

昨日、風呂で石田が言っていた通りだ。

傾斜が緩いためタダでさえ滑りにくいのに、新雪になるとさらに滑りが悪くなる。

俺はクロスカントリーよろしく、スケーティングと歩行の両方を使って林間コースを進んだ。

人気《ひとけ》は全くない。もっとも視界の悪い林間コースなんて、誰も来ないだろう。

俺も昨日よりは慣れてきたのか、割とスムーズに進む事が出来た。

しばらくして森の中を突っ切る中級コースとの分岐点にたどり着いた。

どうやら直前にコッチに進んだのは燈子先輩しかいないらしく、薄《う》っすらとスキーの跡が残っている。

この林間コースがいくら滑りにくいとは言え、スキーの上手い燈子先輩なら待ち合わせ場所に着かないはずはないんだが。

「燈子せんぱ〜い！」

俺は思いっきり叫んだ。

だが吹雪いているせいか、返事はどこからも聞こえない。

もう下まで降りて一美さんと合流したのだろうか？

それならばいいのだが……

俺は胸騒ぎがして先を急いだ。

だけど、ココ、思ったより斜度がキツイ。

本当に中級者コースか？　と疑問に思うくらいだ。

何度か転倒してしまう。

だが斜度がキツイところは最初の一部だけだった。

そこから急激に斜度が緩くなる。これからは中級コースらしい。

その斜度が変化する辺りの白樺《しらかば》の樹《き》に、緑の布が縛り付けられているのが見えた。

近づくと『城都《じょうと》大学サークル和気藹々《わきあいあい》、隠しフラッグ・ポイント、Ｎｏ１』と白字で書かれている。

そこにスキー跡は続いていた。止まった形跡がある。

おそらく燈子先輩だろう。

俺はさらに先に進む。

すると吹雪いた視界の先に、薄いピンクっぽい何かが見えた。

「燈子せんぱ〜い！」

再び俺は大声で呼びかける。

そのピンクっぽい何かの動きが止まる。間違いない、人だ。

近寄ってみると、やはりそれは燈子先輩だった。

「燈子先輩……良かった」

近づいた俺は、荒い息でそう言った。

「一色君、どうして？」

燈子先輩は意外そうに俺を見た。そして彼女はスキーを履かずに両手で抱えている。

「だって一美さんから『燈子先輩と別れたんだけど、待ち合わせ場所に戻って来ない』って聞いたんで……何かあったんじゃないのかと思って探しに来たんです」

すると燈子先輩は少し俯《うつむ》き加減になって口を開く。

「そうなんだ……わざわざ、私のために……」

微《かす》かに嬉《うれ》しそうな表情をしているが、それを隠そうとしているみたいだ。

「それよりどうしてスキーを外して歩いているんですか？　何かあったんですか？」

「この前に斜度が凄《すご》い所があったでしょ。あそこで派手に転んだ時、片方のビンディングが壊れてしまって。さすがに片足で滑れるほどの技術はないから、もう歩くしかないなって思ったの」

「それでケガはありませんか？」

俺は改めて燈子先輩の全身を確認してみた。

頭に被《かぶ》った毛糸の帽子から肩にかけて、かなりの雪が付着しているがケガしてる様子は無さそうだ。

「特にケガとかはないの。ただスキーが壊れただけ」

「寒くはないですか？」

俺はそう言って、燈子先輩の帽子や肩に積もっている雪を、柔らかく払い落とした。

「うん、大丈夫……ありがとう……」

彼女は恥ずかしそうに、だが嬉しそうな表情でそう言った。

「そのスキー板は俺が持ちますよ。その方が歩きやすいですよね」

「え、大丈夫だよ。それより一色君は先に行かないと、ゲームの規定時間までに戻れなくなるよ」

「なに言っているんですか。燈子先輩を一人残したまま、先に行ける訳ないじゃないですか。ゲームなんてどうでもいいですよ。それよりかなり天候が悪くなっていますから、先を急ぎましょう」

俺はそう言って燈子先輩のスキー板を奪うように手に取った。

「ありがとう、一色君」

彼女は小さな声で、二度目の感謝を口にした。

この中級コースは、林間コースをかなりショートカットしている。

分岐のすぐ後で大きく山を下った後は、元の林間コースに戻るまでなだらかな道になっている。ゴールまで歩けないほどの距離じゃないはずだ。

しかし時刻は午後四時を過ぎている上、天候の悪さから周囲は薄暗くなって来た。

俺は燈子先輩と並んでそのコースを歩く。

「燈子先輩、大丈夫ですか？　寒くないですか？」

俺は彼女が心配だった。俺自身もけっこう寒いと感じていたからだ。

「私は平気。それより君の方こそ大丈夫？」

燈子先輩も心配そうに俺を見る。

「俺は大丈夫ですよ。男ですから」

そう強がって見せた。すると燈子先輩はクスリと笑う。

「でもさっき、ちょっと震えていたよ」

ゲッ、見られていたのか？

「あれは武者震いです！」

言葉の用法が違うような気がするが、とりあえずそう返す。

「でもね、寒さとか飢えや渇きなんかに襲われるサバイバル環境には、本当は男より女の方が強いらしいよ」

「本当ですか？」

それは意外だ。初耳だった。

「女の方が脂肪が多い分、飢えにも渇きにも寒さにも強いんだって」

「そうなんですか？　知らなかった」

「だからね、君は無理しなくていいんだよ。もしあんまり寒かったら、君だけ先に行ってね。スキーが壊れたのは私のせいなんだから」

「そんなこと言うのはやめて下さい！」俺は足を止め、強く言った。

「俺だけ先に帰るとかありえないです！　もし燈子先輩がここで一夜を明かす事になったら、俺も一緒に野宿しますよ。二人で雪洞《せつどう》でも掘って、一緒に助けを待ちましょう！　俺はずっと燈子先輩と一緒です！」

「バカね、なに言ってるのよ。スキー場でそんな事になる訳ないでしょ。そもそもここからスキー場の入口までそんなに距離がある訳ないじゃない。雪洞なんて掘っている間に、歩いていれば着くわよ」

燈子先輩は顔を隠すようにして、俺の腕を叩《たた》いた。

俺は急に自分の発言が恥ずかしくなった。調子に乗り過ぎたようだ。

「で、ですよね〜。野宿するほどじゃないですよね。一時間も歩けば出口に着いちゃいますもんね。馬鹿なこと言いました、俺」

しかし燈子先輩は、叩いたその手で俺の二の腕を摑《つか》んでいた。その顔は下を向いている。

「でも……嬉しかったよ。一色君……」

声が、少し震えているように感じられた。

「私、意地になっていたのかもしれない。一色君と明華さんがあんまり仲良くしていたから、それで拗《す》ねていたみたい……。でも昨日の夜はあんな事になって、自分でも訳が解《わか》らないくらい恥ずかしくなって……なんかグチャグチャだったの」

燈子先輩の手がしっかりと俺の腕を摑んでいた。

「だけど今日のゲームでは一色君は明華さんと一緒で……私には声も掛けてくれなくて……寂しかった。それでゲームもちょっと無理してたのかな」

燈子先輩が顔を上げた。泣き笑いのような笑顔を見せる。

「さっき、君が来てくれた時は、本当に嬉しかったんだよ、私……」

俺はなぜか、その時の燈子先輩の顔を直視できなかった。

「言い訳ですけど、今日のゲームはもう明華ちゃんがペアを申し込んだ後だったんで……

俺は聞いてなかったんですが。それと今日の燈子先輩は、俺を避けているように見えたんです。昨夜の事で燈子先輩、怒っているのかなって思っていました」

燈子先輩は小さく頭を左右に振った。

「怒ってなんかないよ。ううん、むしろ自分に怒っていたのかな」

俺たちの間に沈黙が流れた。

ひゅっ、という冷たい風が吹いた。俺は思わずブルッと身体《からだ》を震わせる。

「大丈夫？　やっぱり寒いんじゃない？」

燈子先輩が心配そうに再びそう聞く。

「いや、本当に平気ですから。でも先を急いだ方がいいかもしれませんね」

「そうだね」

そう答えて燈子先輩が一歩足を踏み出した時。

「あっ」と小さく声をあげてバランスを崩した。

俺もとっさに手を伸ばして彼女の腕を摑む。

「あ、ありがと」

もうさっきから何度目のお礼かな？

「いえ、それより手を繋《つな》いでいた方がよくありませんか？」

「え？」燈子先輩は意外そうな目で俺を見る。

「サバイバル環境では女性の方が強いとしても、この状況では男の支えがあった方がいいですよね？」

しばらく俺の目を見ていた燈子先輩は「うん」と小さく頷《うなず》くと、俺の手をしっかりと握ってくれた。

それから一時間ほど経《た》って、俺たちはやっと最初の集合場所に戻る事ができた。

既にサークルのメンバーはホテルに戻っていた。

待っていたのは、中崎さん、一美さん、石田、明華ちゃんの四人だ。

「遅かったじゃないか。午後六時を過ぎても戻って来なかったら、ゲレンデ・パトロールにスノーモービルで捜索に行ってもらおうと思っていたんだ」

俺は時間を見た。今が午後五時四十五分。あと十五分遅かったらアウトだったのか。

「心配かけて申し訳ありませんでした」

燈子先輩はそう言って頭を下げただけだったので、俺が代わりに説明する。

「すみません。でも燈子先輩のスキーのビンディングが壊れてしまって、滑る事ができなかったんです」

「ビンディングが？」

中崎さんが改めて燈子先輩を見る。

「それでケガはなかったのか？」

「はい、別にケガをしたとかではないんです。ただスキーが出来なくなったから、戻って来るのが遅くなってしまいました」

「そうか、それなら良かった」

中崎さんも安心したように言う。

「一色君が壊れたスキーを持ってくれました。彼が来てくれたお陰で、本当に助かりました」

そう言って燈子先輩は俺を見る。

俺は照れ臭かった。

視線を逸《そ》らすと、一美さんが満足そうに俺を見ている。石田も笑っていた。

だが明華ちゃんだけは……怖い目で俺を突き刺すように見ていた。

九　燈子先輩と露天風呂、そして明華ちゃんのアタック

俺たちはホテルに戻ると、服だけ着替えてすぐに大広間に向かった。

もう食事の時間になっていたためだ。

今日の夕食のメニューはポークソテーとやはり固形燃料で温めるタイプの一人鍋、サラダに野沢菜漬け、あとは白いご飯とキノコの味噌汁《みそしる》だった。昨日と変わった点はチキンステーキがポークソテーになったくらいか？

ちなみに昼間のゲームで一位の得点を取ったのは、二年生の女子同士のペアだ。

得点は十九点。なんでも女同士でポッキー・キスを成し遂げたらしい。

明華《めいか》ちゃんの言う通り、あそこで俺たちが十点を獲得していたら、最低でも二位には入賞、もしかしたら一位をゲット出来たかもしれない。

ポッキー・キスの時の明華ちゃんの表情が思い出されて、俺は一人で恥ずかしくなっていた。

食事の席は昨日と同じ。石田《いしだ》と明華ちゃんと一緒だ。

明華ちゃんはスキー場からずっとブスッとしている。

……そりゃ勝ち目があるゲームを投げ出して燈子《とうこ》先輩を探しに行ったんだから、不満もあるだろうな……

俺は明華ちゃんの様子を見ながら、そう思った。

でもあの状況で燈子先輩を探しに行かない、という選択肢なんて有り得ない。

たとえあれがゲームなんかじゃなく、もっと重要な事だったとしても、俺は燈子先輩を探しに行っただろう。

しかしその後も明華ちゃんの沈黙は続いた。

ここまで行くと単に怒っているというよりも、何かを考えているかのように見える。

その燈子先輩はやはり昨夜と同じく、俺とは違う列の少し離れたテーブルに、こちらを向いて座っていた。

一緒にいるメンバーも一美《かずみ》さんとサークル中心メンバーの二人・美奈《みな》さんとまなみさんで、昨夜と同じ面子《メンツ》だ。

ただ昨日と違うのは、燈子先輩も時々俺の方を見ている、という点だ。

そして目が合うとニッコリと微笑《ほほえ》んでくれる。

俺はそれだけで幸せな気分になれた。

……ハッ……

隣から殺気を感じた。

横目で見ると、明華ちゃんが俺を睨《にら》んでいる。

そして次には燈子先輩の方を……

なんか、急にご飯が喉に詰まるような気がしてくるんだけど。

食事が終わってしばらく休憩する。この後は昨日と同じく宴会だ。

だが風呂に入っていないせいか、身体と頭がベタベタするようで気持ち悪い。

顔も脂っぽい気がするし。

「石田、風呂に行かないか？」

俺がそう声をかけると石田は、

「ん〜、俺はいいや。もうちょっとみんなと話もしたいし。明華とも八時までは一緒にいてやらないとな。面倒だし後でシャワーだけ浴びるよ」

といかにも面倒臭そうに答える。

「そうか、じゃあ俺は行ってくるよ」

そう言って席を立ち上がる。

そんな俺を明華ちゃんは黙って見ていた。


一度部屋に戻って風呂の準備をした俺は、昨日とは違って露天風呂の方に向かった。

昨日は知らなかったが、このホテルには露天風呂があったのだ。

露天風呂の方は、大浴場とは全く別の場所にあったため気が付かなかった。

……天気はもう回復したって言っていたしな。露天風呂の方が気持ちよさそうだ……

その露天風呂がある別館に向かう通路で……

「あ」

「あれ？」

バッタリと燈子先輩と出会った。

「燈子先輩も今からお風呂ですか？」

俺がそう尋ねると、にこやかに笑って答えてくれる。

「うん、スキー場から戻って来てすぐに食事だったでしょう。顔だけは洗ったんだけど、身体とか髪とかが気持ち悪くて。それで宴会中だけど私はお風呂に入る事にしたの」

「俺も同じです。早くサッパリしたくて」

「一緒だね！」

燈子先輩はまたニッコリと笑顔を見せてくれた。とっても機嫌がいいみたいだ。

……燈子先輩と一緒に露天風呂か……

俺は一瞬、混浴を想像してしまった。

周囲は白い雪景色、頭上には満天の星、そんな中で裸の燈子先輩と二人きりで……

しかし現実はそんなに甘くなかった。

「じゃあまた後でね」
燈子先輩は『女湯』と書かれた暖簾《のれん》をくぐって行った。
……まぁ当たり前だよな……
俺は軽い失望と共に男湯の方に入った。
脱衣所から屋外に出る扉を開くと、想像通りの露天風呂が広がっていた。
周囲は岩で囲まれており、その上には高い塀があって外部からの視線を遮断している。
岩の上には手入れされた樹《き》が植えられていて、今は真っ白な雪で覆われている。
風呂自体も丸い自然石で囲まれた岩風呂だ。洗い場以外は庭園になっていて、湯舟から
でも手を伸ばせば雪に届きそうだ。
そして左側には表面を竹で飾った仕切り塀がある。
その向こうが女湯だろう。
さらには……
「やった！　誰もいない！」
そう、今の時間帯はこの露天風呂を使っている人は俺しかいなかったのだ。
誰もいない露天風呂を独り占め！
嬉《うれ》しくて思わず声が出ていた。
身体を流して湯舟に入る。思いっきり手足を伸ばした。

「ふ〜、まんぞく、まんぞく」

自然と声が漏れる。

と、仕切り塀の向こうから「ふふふ」という含み笑いが聞こえて来た。

「燈子先輩？」

思わずそう口にしたら、仕切りの向こうから返事が返って来た。

「ソッチも一人しかいないんだ？」

やはり燈子先輩の声だ。

「はい、俺だけです」

「コッチもだよ。今は私しかいない」

「気分が晴れますよね！」

「そうね。でも夜に一人で露天風呂って、ちょっと怖いかも。だからこうしてお話しない？」

「了解です！　喜んで！」

嬉しい提案だ。こうして燈子先輩と話せるだけでも嬉しいのに、この板の向こうには裸の燈子先輩がいると思うとゾクゾクする。

「あのさ、一色《いっしき》君……」

「なんですか？」

「もしかして、今回の旅行で……私のこと、幻滅しちゃった？」

燈子先輩は躊躇《ためら》うようにそう聞いて来た。

「幻滅？　そんな事ないです」

「そう、それなら良かった」

「どうしてそんな事を聞くんですか？」

俺は疑問だった。なぜ燈子先輩がそんな事を心配しているのか。

しばらくの間があった後、燈子先輩はこう答えた。

「今回の旅行で私、一色君に恥ずかしい所をいっぱい見られちゃったな、と思って」

「恥ずかしい所、ですか？」

あまり思い当たる所はないが？

「……一色君と明華さんが仲良くしているのを見て、なんかモヤモヤしてて。それで拗《す》ねた態度を取ったりとか……」

それはむしろ態度をハッキリさせてない俺の方が悪いよな……

「さらにお酒に酔って、君にだらしない所を見せちゃった……」

俺としてはけっこう嬉しかったんだけど。

「それなのに自分で勝手に怒り出して、今日の朝は君を避けるようにしたりとか。自分で自分が恥ずかしかっただけなんだけど」

これは俺も「嫌われたのかな」って心配してた。

「それでゲームでは無理して、君に迷惑を掛けちゃったよね。本当にごめんなさい」

「いや、そんなに謝る事じゃないですから」

「でも一色君は私を助けに来てくれたし、今もこうして私に優しくしてくれる……」

「俺の方こそ、燈子先輩には……」

無意識に空を見上げていた。

夕方の吹雪が嘘《うそ》のように、今は夜空一杯に星が輝いている。

……燈子先輩もいま星を見ているのかな……

ふとそんな気がした。

しばらくして、燈子先輩から沈黙を破った。

「なんかこの感じ、今の私たちと似ているかもね」

「どういう意味ですか？」

パシャ、というお湯を弾《はじ》く音が聞こえる。

「お互いの気持ちはきっと裸なんだよ。そして互いにそれを知っている。でも二人の間にはまだ壁があって……。だから自分の気持ちをベールにつつんだ言葉で交わし合うことしか出来ない。どちらかが黙ってしまえば、それで終わり」

なるほど、そういう意味か。

確かに、この露天風呂の環境と、俺と燈子先輩の状況は似ているのかもしれない。

「でも二人は同じ環境にいるんだよ。他の誰とでもない、君と私だけが共有する状況に」

「そう……ですね。そうだと思います」

俺は燈子先輩の言葉に納得しつつも、「そうあって欲しい」という意味を込めて口にした。

またしばしの沈黙が流れる。

するとどこからか微《かす》かに音楽が聞こえて来た。

なんだろう、聞いた事がある気はするが……ダンスか何かの音楽だ。

「『ムーン・リバー』だね」

燈子先輩も聞こえたのだろう。

「よく聞く音楽ですけど、何の曲ですか？」

「映画の『ティファニーで朝食を』の主題歌だよ。私は小学校のフォーク・ダンスで知ったんだけど」

「フォーク・ダンスにしては静かな曲ですね」

俺にはフォーク・ダンスと言えば、小学校の時に運動会や林間学校で踊らされた記憶くらいしかないが、もっと騒がしい感じの曲だった。

「フォーク・ダンスって本来は民族舞踊の事だから、色んなタイプがあるんだよ。だからワルツっぽい静かな曲があっても、おかしくないんじゃない？」

「そうなんですか」

本当に燈子先輩は知識が豊富だ。

俺は彼女に初めて出会った『高校の図書室』を思い出した。

「ね、一緒に踊らない？」

「え、今ですか？」

突然の燈子先輩のその提案にはビックリした。

「そう」

「だって俺たち、今は風呂に入っている最中じゃないですか？　どうやって？」

「君がコッチに来ればいいんだよ。今はコッチも誰もいないし」

「ええええええっ」

思わずそんな声が出てしまう。

だって燈子先輩と一緒に露天風呂？　お互い全裸なのに？　そんな……

昨夜の燈子先輩のしなやかな身体《からだ》の感触が思い出される。

俺は赤面すると同時に心臓がバクバク言うのを感じた。

いやそれ以前に、もし俺が女子風呂に入って誰かが来たら、大変な事になるのだが。

すると燈子先輩の含み笑いが聞こえた。

「ウソウソ、冗談だよ」

揶揄《からか》われたと知って、俺はさらに恥ずかしくなった。

「からかわないで下さいよ。まったく」

「ごめんなさい。でも君の反応が可愛《かわい》かったから……」

「燈子先輩でも、そんな冗談を言うんですね」

俺は不満混じりにそう言った。

「でも一緒に踊ろうっていうのは本当だよ。お互いに相手を想像して踊るの。エア・フォークダンスって感じ？」

「でもフォークダンスを踊るにはちょっと狭くないですか？」

「そっか。じゃあ何をしよう。一色君、何かアイデアはある？」

俺はその時、まなみさんが行きのバスでやった『心理テスト』を思い出した。

これなら自然に燈子先輩の考えを知る事ができるかもしれない。

「心理テストなんてどうですか？」

「心理テスト？　どんなの？」

「俺がこれからいくつか質問をします。それに燈子先輩は頭に浮かんだ事を答えるだけです。簡単でしょ？」

「そうだね。なんだか面白そう！　こうやってお風呂で話しながらやるにはちょうどいいかも。でも私に心理テストで挑んでくるなんて、ナマイキなぁ〜」

やっぱり女の子って、占いとか心理テストが好きなのかもな。

そして俺は燈子先輩の好みを知る事ができる。俺はニンマリした。

「それから注意点。あんまり深く考えないで、パッと頭に思い浮かんだ事を答えて下さい」

「オッケー！」

「じゃあ第一問。あなたは山にハイキングに行く事にしました。遠くの高い山と近場で楽しめる低い山、どっちに行きますか？」

「う〜ん、それは取れる時間によるかなぁ」

「深く考えないで下さい。直感的に頭に浮かんだことを答えて」

「じゃあ……遠くの高い山？　普段とは違ったものが見れそうだし」

なるほど、遠くの高い山か……俺と一緒だ。

「それでは第二問。ハイキングに行くのに、緻密に計画を立てますか、ノリと雰囲気で楽しみますか？」

「私はちゃんと計画を立てるかな。ノリだけで行くのは危険だし」

まぁ『遠くの高い山』と答えれば、当然そうなるだろうな。

「第三問です。山で最初に出会った動物は？　その次に出会った動物は？」

「最初に出会った動物はリス……かな。その次は、イタチとか？」

「リスとイタチ……ですか？」

俺は思わずそう聞き返した。なんだか判断に苦しむ動物だ。

「そう。リスって可愛いけど臆病でしょ。サッと姿を隠しちゃうような。イタチも可愛いけど実は獰猛《どうもう》な野性を秘めていて、頭もいいし。好きなんだ」

なるほど、そう言われると納得しなくもない。

「では第四問。山道の途中で崖がありました。その崖の高さは？」

「崖？　そうだなぁ、二階くらいの高さかな？　一見簡単に登れそうだけど、砂とか土が崩れてきて中々登れない、そんな感じ」

うーん、これまた判断が微妙な……

「第五問。山には泊まる事が出来る山小屋があります。その場所は、山の麓、中腹あたり、山頂近く。そのどこにありますか？」

「その三つ全部」

「ええっ」

俺は驚いた。予想外の答えだ。

「三つ全部ってのはナシです。どれか一つを選んで下さい」

「え〜、でも山小屋って宿泊施設でしょ。山の麓には当然何軒かあるはずだし、真ん中付近にも途中休憩する山小屋は必ずあるよ。それと山頂付近には避難小屋って言って、イザという時に泊まる事ができる山小屋があるんだよ」

「いやいや、そんな理屈で考えるんじゃなくって、直感で答えて下さい」

「直感的に思ったのが今の答えなんだけど……じゃあ山の中腹あたり？　でいいかな。ちょっと麓寄りの」

まぁそれならいいだろう。

「第六問。あなたは山小屋の中に入りました。山小屋の中では蠟燭《ろうそく》に火が灯《とも》っています。蠟燭の数は何本ですか？」

「五本かな。テーブルの中央にまとまって立っている感じ」

「最後の問題です。山小屋の壁には絵が掛かっています。どんな絵ですか？」

「高い塔の絵。その最上階に女の子が閉じ込められていて、窓から外を眺めている絵」

最後だけは分かりやすい。燈子先輩の答えは判断が難しいのが多いからな。

「それで今ので何が判《わか》るの？」

ちょっと期待しているような声だ。

「それを今から解説します。まず最初の『近くの山か、遠くの山か』は、燈子先輩が期待する結婚相手です」

「私が期待する結婚相手？」

「つまり燈子先輩は少しくらい苦労をしても、理想の相手を目指す。手近な所で妥協はしないって事じゃないでしょうか？」

「なるほどね。それで次は？」

「第二問の『計画について』は、恋人とデートをする時の話だそうです。デートをフィーリングで楽しむか、それとも事前に計画を立てて楽しむか」

「ふ～ん。そうなんだ」

なんかちょっと納得してない感じだな。

「第三問の『最初に山で出会った動物』は自分自身のイメージを表しているそうです」

「じゃあ私は自分を『リスみたい』って思っているっていう事？」

「そうなりますね。俺は燈子先輩はリスよりシカってイメージだと思いますけど」

「あ～、でも『臆病』っていう点だとリスかもしれないね。あと『可愛くなりたい』っていう願望まで入れるとリスもハズレじゃないかもね」

燈子先輩は一人で解釈をつけていた。これは納得したのかな。

「第三問は二つあったよね？　二番目の動物は何を表しているの？」

「二番目の動物は『恋人、または好きな人』のイメージです」

「え、そうなの？」

「ハイ。だから燈子先輩は恋人か好きな人を『イタチみたい』って思っているって事ですね」

燈子先輩からの返事はなかった。

でもイタチみたいな男って、どんな奴《やつ》なんだ？

さっき燈子先輩は「可愛いけど野性的、しかも頭がいい」って言っていたけど、俺はイタチにはあまりいいイメージは無いな。

「第四問の『崖の高さ』は？」

燈子先輩はそう聞いて来た。

「『崖の高さ』は『自分が感じる恋愛成就への障害の高さ』です。崖が高いほど、恋愛への道が遠いと感じています」

「私は高さはそれほどじゃないけど、砂や土で登りにくそうなイメージなんだけど」

「やっぱり成就までは難しいって感じているんじゃないんですか？」

「……それは……当たっているかも……」

燈子先輩の恋愛相手って、誰を想像しているんだろう。気になる……

「それで次は？」

「五問目の『山小屋の位置』は、理想の相手との歳《とし》の差、または社会的地位の差です」

「えっ、じゃあ私が最初に『三つ全部』って思ったのは？」

「年上・同じ年・年下、または格上・同じレベル・格下の全方位って事になっちゃいますね」

「それじゃあ私が全ての男子を狙っているみたいじゃない！　違う違う！　それは絶対に違う！」

その叫びと共に、仕切り塀の向こうから何かが飛んで来た。

ボチャン、ボチャンと立て続けに湯舟に落ちる。

雪玉だ。手の届く範囲にある雪を掴《つか》んで投げてきているのか？

「うわっ、ちょっと燈子先輩。何を投げているんですか。ちょっ、俺に当たりそうです！」

「だって、一色君が変な事を言うんだもん！　私、そんなんじゃないよ！」

そう言いつつも、さらに何発かの雪玉が投げ込まれてきた。

「解りました、解りましたから。投げるのやめて下さい。これは単なる遊びですから」

「一色君にそう思われる事が嫌なの！」

「大丈夫です、大丈夫ですよ。思っていませんから」

それで雪玉の砲撃が止《や》んだ。

「本当に思ってないでしょうね？」

「はい、思っていません。それに燈子先輩は『真ん中よりちょっと下』って言い直しましたよね。それでいいですよ」

「……なんだか、今の一色君、イジワルだよ……」

燈子先輩のその言葉を聞いて、俺は思わず吹き出しそうになった。

こんな事でムキになるなんて。可愛い所あるよな、燈子先輩。

「それで第六問は……」

「もう変な解釈じゃないでしょうね？」

燈子先輩、ちょっとイジけてしまったみたいだ。

「大丈夫。山小屋の中の蠟燭の数は『あなたの思う親友の数、またはあなたが困った時に助けてくれそうな人の人数』ですから」

「じゃあ私の場合は、困った時に助けてくれそうな人が五人いるって事？」

「そうですね」

「それは当たってる気もするけど……でもさっきのがあるから嫌だなぁ」

「それでは最後の問い。『山小屋の中に飾られている絵』は『自分が現在感じている不安』だそうです」

「自分が現在感じている不安？」

「そうです。だから燈子先輩は高い塔に閉じ込められているような不安を感じている、って事なんですかね。それで誰かを待っているみたいな？」

「高い塔に閉じ込められている……誰かを待っている……」

少しの間、燈子先輩は沈黙していた。

「どうしたんですか、燈子先輩？」

「君は……一色君は、この心理テストにどう答えたの？」

「え、俺ですか？」

「そう。私だけ答えさせてズルいよ。一色君のも教えてくれなくちゃ」

「そうですね。俺は一問目は『遠くの山』。二問目は『計画を立てる』。三問目の山で出会った動物は最初が犬、その次がシカ。四問目の崖は『ギリギリ登れるかどうかの高い崖』。五問目の山小屋の位置は『中腹よりちょっと上』。六問目の蠟燭の数は三本。最後の『壁の絵』は『美少女が男に攫《さら》われる絵』です」

「ふ〜ん」燈子先輩が何かを考えているかのように言った。

「第三問の『山で出会った二番目の動物』って『恋人か、好きな人』のイメージって言っていたよね？」

「はい。そうですね」

「さっき、私が自分の事を『リス』って言ったら、一色君は『リスよりシカだと思う』って言っていたよね？」

……あっ……

俺は思わず沈黙してしまった。

「それって、どういう意味？」

燈子先輩のその問いかけに、俺は即答する事ができなかった。

いや、即答したかった。出来れば俺もハッキリ言いたい。

だがそうする事で、この燈子先輩との居心地のいい関係が壊れてしまう事を恐れたのだ。

「それは……」

しばらくの沈黙の後、俺がようやく口にしようとした時。

「こんな所に露天風呂があるんだね」

女湯の方から別の話し声が微《かす》かに聞こえた。

「他の人が来たみたい。心理テストはここまでだね」

燈子先輩がしんみりとした口調で言った。

「そうですね」

残念だけど仕方がない。俺が俯《うつむ》いた時だった。

バシャン！

雪玉が俺の頭を直撃した。

「最後に一つ。あんまり明華さんとばっかり仲良くするな！　もっと私をかまえ！」

その言葉を最後に、女湯からは騒々しい女性の話し声が伝わって来た。

二人だけの露天風呂の時間は終わった。


露天風呂から出た俺は自分の部屋に戻った。

部屋にはまだ石田は戻って来ていなかった。

大広間に行ってまた宴会に参加する事もチラッと考えたが、やっぱりその気になれない。

俺はベッドに横になると、先ほどの『燈子先輩との露天風呂での一時』を思い出して幸せな気分に浸っていた。

そして、燈子先輩からの質問……

あの時、彼女は何を考えていたのだろう。俺が答えていたらどうなっていたんだろう。

…………

コンコン。

ドアをノックする音で目が覚める。

自分でも気が付かない内に眠っていたらしい。

時計を見ると、たいして時間は経《た》っていない。

……誰だろう。もしかして、燈子先輩……？

俺は眠気でグラつくような身体《からだ》を起こすと、入口に向かった。

ドアを開くと、そこに立っていたのは明華ちゃんだ。

「明華ちゃん？　どうしたの？」

「少し優《ゆう》さんとお話ししたい事があって……中に入れて貰えますか？」

彼女からは拒絶し難《にく》い雰囲気が発せられていた。

「あ、ああ」

しばらくドアの所に立っていた明華ちゃんに対し、俺は急いで部屋に戻って脱ぎっぱなしのスキーウェアを脇にどけて座るスペースを作る。

明華ちゃんは俺に遅れて部屋に入って来た。

俺は自分のベッドに、明華ちゃんは向かいの石田のベッドに腰をかける。

「話って何？」

しかし明華ちゃんは黙って下を向いている。口を開こうとする様子はない。

「どういう話かな？　今日のゲームでの事？」

俺から話を振ってみた。

それでも明華ちゃんは何も言おうとしない。

「時間がかかるなら、コーヒーでも淹《い》れようか？」

このホテルでは各部屋に電気式ポットと、パック式のお茶にスティックタイプのコーヒーが用意されている。

明華ちゃんがコクンと首を縦に振った。

俺は立ち上がってポットに洗面台の水を入れた。

洗面台は入口の近くにある。

ふと見るとドアに防犯用ストッパーが掛かっていた。

このままだと石田が帰って来た時、すぐに部屋に入れない。

……いつの間に？　ドアを閉じた拍子にストッパーが掛かったのか……？

俺はストッパーを外すと、水を入れたポットを持って部屋に戻った。

お湯はすぐに沸いた。

「明華ちゃんは砂糖とミルクは入れる？」

俺が尋ねると彼女は「どっちでも」と短く答えた。

とりあえず二つともブラックにする。

俺は眠気覚ましだし、明華ちゃんは欲しければ自分で追加すればいい。

コーヒーを入れたマグカップの一つを明華ちゃんに渡し、俺は再びベッドに座った。

俺は黙ってコーヒーを飲んだ。彼女はマグカップをただ黙って見つめている。

明華ちゃんは夕方スキー場を出てホテルに戻る時からずっと様子が変だった。

昼間は普通だったから、おそらく俺がゲームを途中で放棄した事が不機嫌の原因だろう。

それについて俺は弁明の余地はない。ただ謝るのみだ。

「あの……」

俺のマグカップがほとんど空になった頃だ。

ようやく明華ちゃんが口を開いた。

「優さんは私の事……どう思ってますか？」

「どうって？」

「優さんの、本当の気持ちが知りたいんです。私をどう思っているのか」

明華ちゃんは顔を上げると、真剣な眼差《まなざ》しで俺を見た。

思わず俺は彼女から視線を逸《そ》らす。

「可愛《かわい》いと思っているよ。俺にも明華ちゃんみたいな妹がいたらなって……」

「私は、優さんが好きです！」

俺の言葉を打ち切るように、明華ちゃんがそう言った。

その言葉の強さに驚いて、俺は顔を上げる。

明華ちゃんは強い、決意したような目で俺を見ている。

その目を見て俺は、いい加減な返事は出来ない事を感じた。

「気持ちは嬉《うれ》しいけど、明華ちゃんは石田の妹だし中一の時から知っている。今さらそんな目では見れないよ」

「私はもう高校生です！　そんな『親友の妹』なんて目じゃなく、ちゃんと私自身を見て欲しいんです！」

「だから今はそんな気には……」

「今は？　今ってどういう事ですか？　この先なら優さんは私が好きになるんですか？　いつまで待てばいいんですか？」

その強い口調に俺は何も言う事が出来なくなった。

明華ちゃんが苦しそうに自分の胸を押さえる。

「私だって、優さんが私を女として見てない事ぐらいわかっています。だから諦めようってずっと思っていました。このまま『親友の妹』ってポジションでも会う事ができれば、それでいいやって。でも……」

彼女が訴えるように俺を見る。

「優さんが大学に入って彼女が出来たって聞いて、凄《すご》くショックだったんです。『なんでもっと前に自分の気持ちをぶつけなかったんだろう』って何度も後悔しました。何もしないで自分で負けを認めて引き下がるなんてバカだったたって！」

明華ちゃんはそのままの思いを吐露している。今はそれを聞いているしかない。

「でもその彼女さんは他の人と浮気して優さんと別れたって聞いて、これは神様がくれたチャンスだって思いました。そして今度こそ、後悔しないように全力で優さんにぶつかるって決めたんです！」

「明華ちゃん……」

俺は静かに語りかけた。

「明華ちゃんはとっても可愛いし、魅力もあるよ。この合宿でも色んな男が明華ちゃんに話しかけてきただろ。これから先も明華ちゃんの事を好きになる男は沢山いると思うよ。

だからそんなに焦らなくても」

「やっぱり燈子さんが好きなんですか？　燈子さんじゃなきゃ嫌なんですか？　私じゃ燈子さんの魅力には勝てないって言うんですか？」

「いや、勝ち負けとかそんな話をしているんじゃなくって」

「私だって大学生になればキレイになります。化粧だってするし、もっと女らしくなるし、胸だって燈子さんに負けないくらい大きくなります！」

　不謹慎ながら俺はこの時「いや、燈子先輩は高二の時は既に胸が大きかった」と思ってしまった。

「だから……だから……私の事をもっと見て下さい……私を好きになって下さい……」

　明華ちゃんの大きな目から涙がこぼれた。

　彼女はその涙を拳で拭うが、またもや涙がこぼれていく。

「じゃあ俺も真剣に聞くけど……」

　俺は姿勢を正してベッドに座り直した。

「明華ちゃんのその気持ちは本当なの？」

　明華ちゃんが「えっ」という顔をして、涙を拭う拳の上から俺を見る。

「明華ちゃんが俺と会うのは、年に数回程度だよね。明華ちゃんは俺の事をそんなに知らないはずだよ。それなのにどうしてそこまで俺を好きって言えるの？」

「それは……優さんはいつも優しいし、私の話をちゃんと聞いてくれるし、色んな面でキチンとしているし……カッコイイって思ってます」

「それだけで人を好きになるの？」

「でも人を好きになるのに、会った回数とか知り合った年月なんて関係無いんじゃないですか？」

「それはそうかもしれないけど、でもやっぱり本当に人を好きになる時って、深い交流は必要だと思うんだ」

俺はそこで一度言葉を切った。軽く深呼吸をして先を続ける。

「自分の経験からそう思うんだ。俺も高校時代からずっと燈子先輩が好きだった。とは言っても、今から思えば『付き合えたらいいな』っていう程度だったんだ。そういうのは本当の好きとは言えない、『憧れ』だと思うんだ」

明華ちゃんは今は泣き止《や》んで、じっと俺の言葉を聞いていた。

「でも今は違う。俺と燈子先輩は『恋人の浮気』というツラい経験を共有して、互いに支え合ってそれを乗り越えて来たんだ。以前の単なる憧れとは、今はまったく違った気持ちを燈子先輩に対して持っているよ」

「私の気持ちは『単なる憧れ』だって、そう言うんですか？」

「俺にはそう思える。一美さんにも言われたよ。一美さんも市川《いちかわ》女子学院の卒業生だそうだ。明華ちゃんくらいの年頃の女子校に通っている娘《こ》って、身近な人に自分の理想を投影しやすいんだって。だから明華ちゃんも本当の俺を見ているんじゃなくって、明華ちゃんの理想を投影した俺を……」

いきなり明華ちゃんが俺に飛び掛かって来た。

そう、まさしく飛び掛かって来たのだ。

陸上部で鍛えているだけあって、見事なスピードとダッシュ力だ。

両手を前に出して俺の肩を摑《つか》むと、そのまま俺を押し倒した。

あまりに突然だったので、俺は為《な》す術《すべ》もなくベッドの上に仰向《あおむ》けに倒れる。

明華ちゃんは俺の上に馬乗りになっていた。

「私の思いは幻だって、そう言うんですか？　私は単なる憧れで、自分の理想を優さんに投影しているだけだって……」

明華ちゃんは悔しそうに顔を歪《ゆが》める。また泣き出しそうな表情だ。

「私は、本気なんです。その覚悟もあります」

「覚悟って何を？」

「昨夜、優さんは燈子さんの部屋に泊まっていたんですよね？　二人だけで一晩……それなら……私だって……」

明華ちゃんはそう言うと、着ていたフリースのファスナーを下ろした。

そしてその下から現れた花柄のパジャマのボタンに手をかける。

その指がボタンを外し始めた。

「ちょ、ちょっと、何をするつもり……」

「私は本気だって言いましたよね。全力でぶつかるって。私、優さんなら……ううん、優さんに……」

言いながらも、その手がパジャマの前ボタンを全て外した。

そして開いた部分からは、明華ちゃんの白い肌と薄いピンクの可愛らしいブラジャーが顔を覗《のぞ》かせる。

「いや、明華ちゃん、ちょっと待って。いったん冷静に……」

焦る俺をよそに、明華ちゃんはスルリとフリースを脱ぎ去った。

そしてパジャマからも同じように腕を抜く。

彼女は『上半身がブラジャーのみ』という姿になって、俺を組み敷いていた。

その手がブラジャーにかかろうとした時……

「お〜い、優。もう宴会には参加しないのかぁ？」

場違いな程のデカイ声が廊下から聞こえた。

だけど……これは天の助けだ。

「め、明華ちゃん！　石田だ、石田が来たよ。早く服を着ないと」

しかし明華ちゃんは猫のような目をして首を左右に振った。

「大丈夫です。ドアにはストッパーを掛けておきました。だからお兄ちゃんは部屋に入って来れません。誰にも邪魔されたくないんです」

……あのストッパー、明華ちゃんが掛けたのか……？

とっさにそう思ったが、今の問題はソコじゃない。

「そのストッパーは俺が！」

カシャ、という、カードキーが差し込まれてドアが開く音がした。

「お〜い、優。寝てるのかぁ？」

そんな呑気《のんき》な声を上げて、石田が悠然と部屋に入って来た。

次の瞬間、ベッドに倒れている俺と、その上に馬乗りになっている明華ちゃんと、部屋に入って来たばかりの石田の視線が交差する。

「お、オマエラ、なにやって……」

「ち、違う、石田、これは違う！」

「キャアアアァァァ！」

明華ちゃんは俺の上から飛び降りると、脱ぎ捨てたパジャマの上を掴《つか》み、胸を隠してしゃがみこんだ。

本当にリンゴ並に真っ赤な顔をしている。

さすがの石田も呆然《ぼうぜん》としていた。

「まさか、俺の親友と俺の妹が、SEX《寝》てたのか？」

「バッ、バカ言うな！」

俺も顔が熱くなるのを感じながら、必死に弁解していた。

「俺は服を着ているだろうが！　明華ちゃんだって下はしっかり穿《は》いているし、下着までは外していない！」

すると石田は納得したような顔をした。

「そうだな。それにさっきの状況だと、どう見てもヤッてたって感じじゃないもんな。明華が強引に優を押し倒したっていうか……」

石田の視線が明華ちゃんに向く。

「オマエ、優を燈子先輩から寝取ろうとしてたのか？　今のままだと分が悪いと思って」

石田、おまえは女子高生に向かって、しかも自分の妹に対して『寝取る』とか言うのか？

明華ちゃんは真っ赤な顔をしたまま、キッと石田を睨《にら》んだ。

「お兄ちゃんのバカッ！　無神経！　早く、早く出てってよ！　もうこの部屋には戻って来ないで！　今夜は私が優さんと一緒にいるんだから！」

「いやいや、さすがにこの状況では出ていけないだろ。これを放っておいたら、俺が親父《おやじ》とおふくろにぶっ殺されちまう。そもそもココは俺と優の部屋だしな。他に寝る場所もない」

そういう問題か？　という気もしたが、石田の淡々とした話のお陰で、俺もだいぶ落ち着きを取り戻す事ができた。

俺はベッドから起き上がると、石田の隣に並んだ。

まだ赤い顔でしゃがみこんでいる明華ちゃんに声をかける。

「明華ちゃん、俺たちはしばらく外に出ているから、その間に服を着て自分の部屋に戻ってくれ。それから今日の事は気にしなくていいよ。俺は明華ちゃんが、本当はこんな事をする娘じゃないと思っているから。あと言っておくけど、俺は明華ちゃんのもう一人の兄のつもりなんだ」

明華ちゃんは何も言わなかった。

そんな彼女を残して、俺は石田と一緒に部屋を出た。

一階のロビーに降りた俺と石田は、自販機で缶コーヒーを買う。

「すまんな、優。明華が迷惑をかけた」

石田が何となく言いにくそうに謝罪を口にした。

「いや、誤解を受けるような事をした俺が悪かったんだよ。でもまさか、明華ちゃんがあそこまで本気だったなんて……」

「俺は明華の本気を知っていたけどな。でも優が相手なら安心だと思っていた」

「なんにしろ、石田が来てくれて助かったよ。でも正直な所、明日から明華ちゃんとは顔を合わせづらいな」

「そう言わずに時々は相手をしてやってくれ。アイツはアイツなりに真剣なんだ」

石田はグイッと缶コーヒーの残りを一気に飲み干した。

「それと前にも言ったけど、俺は優が義弟《おとうと》でも構わんぞ」

「だから今はそういうの、本当に勘弁してくれ……」

俺は疲れ切った目で石田を見た。

スキー合宿、最後の日

三日目の朝。

スキーが出来るのは今日が最後となる。

最終日は特にサークルとしてのイベントはなく、各自が自由に夕方まで滑る感じだ。

今朝も俺と石田《いしだ》、そして明華《めいか》ちゃんの三人で一緒に食堂に向かった。

ただし昨日とは違って、事前に石田が明華ちゃんを呼びに行ったのだ。

ただ呼びに行ったにしては時間がかかっていたので、おそらく昨夜の事で石田が明華ちゃんを注意したのだろう。

そのせいもあってか、今朝の明華ちゃんは元気がなかった。

そして実は俺も、彼女と顔を合わせづらい。

だって昨夜、あんな事があったばかりだ。

どんな顔をして明華ちゃんの前にいればいいのか解《わか》らない。

きっと明華ちゃんも同じ気持ちだったと思う。

それでも明華ちゃんは、俺たちと一緒に同じテーブルに着いた。

俺も普段と変わらない態度で、彼女に接さねば……

そこに燈子《とうこ》先輩と一美《かずみ》さんが食堂に入って来るのが見えた。

そのまま昨日と同じテーブルに座るのかと思ったが……燈子先輩はまっすぐに俺の所に向かって来たのだ。

「おはようございます、一色《いっしき》君」

燈子先輩の明るい挨拶に、俺は少し気が楽になって同じように挨拶を返す。

「おはようございます、燈子先輩」

「ねえ、今日は私と一緒に滑らない？」

燈子先輩のその言葉に、一番早く反応したのは明華ちゃんだった。

まるでバネ仕掛けの人形のように燈子先輩を振り仰いで見つめる。

そんな明華ちゃんに燈子先輩も気づいたらしく、ニッコリ笑って彼女に言った。

「昨日まで明華さんはほとんど一色君を独占していたでしょ？　今日ぐらいは私に譲ってくれてもいいよね？」

「でも私だって……」

「明華！」

そう言って明華ちゃんを止めたのは石田だ。

黙って明華ちゃんを睨みつける。

「……わかりました」

明華ちゃんは不承不承といった感じでそう答える。

燈子先輩は再び俺の方を向く。

「それじゃあ八時半にロビーで待ち合わせね」

そう言うと軽やかに手を振って昨日までの席に戻って行った。

燈子先輩が去った後、俺は横目で明華ちゃんの様子を窺《うかが》う。

彼女は膝の上に両拳を置き、何かに耐えているかのような表情をしている。

……可哀《かわい》そうな事をしたのかな……

そんな気持ちが沸き起こる。

しかし誰かと一緒に滑ろうと思ったら、この朝食のタイミングで声をかけるしかないだろう。

燈子先輩も同じように考えたのだと思う。悪気があってではない。

むしろ明華ちゃんに対して申し訳ないのは、俺の方だ。

なにか言ってあげないと……だが気の利いた言葉が思い浮かばない。

そんな俺の気持ちを察したのか、石田が声をかけてくれる。

「あんまり余計な事は考えるな。優《ゆう》は一昨日《おととい》・昨日とずっと明華の相手をしてくれていたんだ。今日くらいは他の人と一緒に滑るのもいいんじゃないか？　そうでないと合宿の意味がないだろ?」

「うん」

俺はその一言しか言う事ができなかった。


八時半、俺はスキーウェアを着てロビーに降りた。

燈子先輩もほぼ同時にロビーに降りて来る。

「今日は何をやりますか?」

これはスキーかスノーボードのどちらか、という意味だ。

「どっちでもいいよ。一色君の好きな方で」

「昨日までスキーが多かったから、今日はスノボもいいかなと思うんですけど」

「じゃあスノボにしようか」

「でも俺、スノボはヘタなんですよ。初級者用の緩斜面しか滑れないし」

「私もそんなに上手《うま》い訳じゃないから、いいんじゃない?」

そんな訳で俺たち二人は、スノーボードの板とブーツをレンタルする。

ゲレンデに出ると、リフトは既にけっこう混んでいた。

そして初心者にとって、リフトの乗り降りは最初の壁だ。

左足はボードに固定されているためほとんど右足だけで進むのだが、これが登りとなると中々上手くいかない。俺はいまだにスノボでのリフトの乗り降りが苦手だ。

「ん」

リフト乗り場での緩い登りでさえマゴマゴしている俺に、燈子先輩は黙って手を差し出してくれた。

「すみません」

俺は燈子先輩に手を貸してもらいながら、やっとリフト乗り場に上がる事が出来た。

ペアリフトに乗る時も、燈子先輩は俺が乗りやすいようにリフトを押さえてくれる。

「俺、かなりカッコ悪いですね」

ペアリフトに乗った俺は、バツの悪さもあってそう口にした。

「普通は男の方が女子のサポートをするはずなのに……完全に燈子先輩に助けられていますもんね」

「そんなこと、気にしない！」

燈子先輩は強めの口調でそう言った。

「誰だって最初は慣れていないし、得手不得手だってあるでしょ。そんな事くらいで『自分がカッコ悪い』とか思う必要はないよ」

「でもやっぱりスポーツが出来る男の方がカッコイイじゃないですか」

「一色君だってスキーは上手いじゃない。ただ単にスノーボードに不慣れなだけでしょ」

「まあ、そうですけど」

「それに……」

一瞬、燈子先輩が言《い》い淀《よど》んだ。

「それに？」

俺が問い返すと、燈子先輩は遠くを見る。

「スポーツが出来るとか出来ないとかなんて、表面的な部分じゃない。そんな所で人の本当の魅力なんて決まらないでしょ」

それを聞いた時、俺は一瞬ハッとした。

俺はどのスポーツでも器用にこなせるが、逆にどれを取っても一番という程じゃない。

そして人は自分の尺度で他人を測る生き物だ。つまり俺自身が『スポーツの出来る出来ない』を『男の価値の一つ』として考えている事になる。

「少なくとも私はそんな点で人を評価なんてしないわ。それよりも出来ない事に対して努力している人の方がカッコイイと思う」

「そうですね」

俺は嬉《うれ》しかった。そうだ、燈子先輩はそんな浅い考えの人じゃない。

「あとね〜、昨日は私が君に助けられたじゃない。だから今日はこうして君を助ける事が出来て、ちょっと気分がいいんだ！」

燈子先輩は俺の方を見ると、笑顔でそう言った。

お陰で俺も気分が楽になる。

「じゃあお言葉に甘えて、よろしくお願いします」

「よろしい！　今日は私が君を鍛えてあげます。精進するように！」

そう言った直後に、慌てたように付け足す。

「あ、でも、あんまり年上扱いしないで！　歳《とし》は一歳しか違わないんだし。やっぱり私だって引っ張ってもらいたい時はあるんだから」

そんな慌てた顔の燈子先輩を見ながら、俺は思った。

時には年上のお姉さんで、時には可愛《かわい》い女の子で、また時には繊細な少女のようで……

燈子先輩の魅力は、本当にたくさんありますよ……って。


リフトを降りた所の斜面で、早速俺は転倒する。

後ろから大勢の人が見ているので、超恥ずかしい。

その後で燈子先輩が「まずスノボの転び方ね」と教えてくれた。

転ぶ時に、俺のようにドスンと尻餅をついたり、膝や腕をつくのはダメらしい。

後ろに転ぶ時は、尻→背中の順で転がる感じ。

前に転ぶ時は思い切って身体《からだ》を投げ出す感じにするという。

言われた通りにやってみると、なるほどショックが少ない。

そうして燈子先輩に教わりながら、改めてスノボを練習する。

既に我流のクセが付いてしまった所もあるが、二時間もするとけっこう滑れるようになって来た。

「上手い、上手い！　すごく上達が早いよ。もう中級者コースぐらいは滑れるんじゃない？」

「いやぁ、燈子先輩の教え方が上手かったんですよ。俺一人じゃまだ斜面に這《は》いつくばっています」

「そんな事ないよ。私なんかよりずっと上達が早いし。元々一色君の運動神経がいいんだね」

「あんまり褒めないで下さい。次にコケた時に恥ずかしいです」

そう言いながら俺は満更でもなかった。実際、運動神経にはそこそこ自信がある。

「今日が終わる頃には、もう私より上手くなっていそうだね」

燈子先輩にそう言われて俺も調子が上がったのか、本当に午後には普通に滑れるようになっていた。

もちろんジャンプだのが出来る訳じゃないが、初級・中級コースなら問題なく滑れる。

スキーもスノボも滑れるようになると本当に楽しい。

燈子先輩と並んで滑る。二人のシュプールが滑らかな曲線で交差する。

別に手を繋《つな》いだり、イチャイチャしたりする訳じゃないが、それでも「一緒に滑っていて楽しい」と思えた。

滑っている時に相手の顔を見てアイコンタクトを取ったり、時々止まって相手を待ったり、二人で互い違いに交差するように滑ったり。

そんな些細《ささい》な事が楽しい。

それとリフトに乗っている時。

この時間は俺と燈子先輩の二人だけの世界だ。

さっきの滑りについて話し合う事もあれば、リフトから見える風景について感想を言い合う事もある。他にも大学やサークルの裏話なんかもしたりして。

昼食はゲレンデから少し離れたレストランに入った。

俺はとんこつラーメン、燈子先輩は意外な事におでん定食を頼んでいた。

「おでんですか？」

俺は思わず聞き返した。

「そうだよ。なんで、いけない？」

「いけなくはないですが、なんか燈子先輩のイメージとおでんが合わなくって」

「あ～、スキー場で食べるおでんの美味《おい》しさを知らないな？　じゃあ少し分けてあげる。

それに信州はコンニャクの本場でもあるしね」

そう言って少し得意そうに笑った。

こういう飾らない所、そして自分が良いと思ったものを周囲を気にせず「良い」と言える所、これらも全て燈子先輩の魅力だと思う。

実際、燈子先輩の言う通り、スキー場で食べるおでんは美味しかった。丸いコンニャクも歯ごたえがあり味が沁《し》みていて旨《うま》い。身体も温まる。

おでんの代わりに俺もラーメンを燈子先輩に差し出した。一昨日の夜にキスは出来なかったけど、これで代わりに間接キスが出来たって事で良しとするか。

俺はこの日、心から楽しいと思える一日を過ごす事ができた。

だが楽しい時間はあっと言う間だ。

夕方四時近くなって「そろそろラストの一本かな」と思っていた時、リフト待ちで一美さんとサークルの中心女子四人組（二年の美奈《みな》さん、まなみさん、一年の綾香《あやか》さん、有里《ゆり》さん）と一緒になった。

「お、噂《うわさ》のカップル登場だね」と美奈さん。相変わらずこの人は言葉に遠慮がない。

「また、すぐそういう事を言う」と窘《たしな》めるまなみさん。

「でも今日の燈子さんは表情が明るいですよ」そう言ったのは一年の綾香さんだ。

「私もそう思いました。燈子さんは合宿中、雰囲気が暗めでしたもんね。今日はなんか明るい。これは一色君パワー？」と茶化《ちゃか》したのは有里さんだ。

「ちょ、ちょっと、なに言っているの！　変なこと言わないでよ！」

慌ててそう言う燈子先輩を尻目に、一美さんが俺の腕を取った。

「よぉ〜し、じゃあラストぐらいはアタシが一色君を貰おうか。一色君、今だけアタシとリフトに乗りな！」

そう言って俺を燈子先輩から引き離した。

そんな訳で俺は一美さんと、燈子先輩は美奈さんと、まなみさんは綾香さんと一緒のリフトに乗った。有里さんは後から来た別の人とだ。

リフトに乗ってしばらくすると、一美さんが口を開いた。

「で、燈子とはどうだったの？　上手く行ったの？」

やっぱりそれを聞くためか。だが俺はそれにどう答えていいのか分からなかった。

「どうって……上手く行ったと言えば行ったんですが、特に変わってないと言えば変わってない感じです」

「なんだ、そりゃ？」

一美さんがおどけて言う。

「今日はとても楽しかったです。燈子先輩ともたくさん話せたし、お互いの変なわだかまりも無くなったと思います」

「ふんふん、それで？」

「だけどこれで何かが劇的に変わったかというと、それも無い感じです」

俺は、燈子先輩が昨夜の露天風呂で言った『二人の間にはまだ壁がある』という言葉を思い出していた。

そう、俺たちの間には壁がある。

その壁が何なのか、何枚あるのか、それさえも俺には解《わか》りかねていた。

「なるほどねぇ」

一美さんは何かを納得したようにそう言う。

「みんなが言うように、昨夜から今日にかけて燈子の雰囲気が明るくなった。だから何か進展があったのかと思ったんだけど……アンタら二人は難しい性格してるね」

……難しい性格なのかな、俺たち。

その時、一美さんが俺の肩に手を回して来た。

「仕方ない。この一美お姉さまが合宿のシメに、もう一度だけチャンスを作ってあげよう！」

「な、なにをするんですか？」

あんまり余計な事はしてもらいたくないんだが。

「まぁ一色君も頑張ったみたいだから、そのご褒美的なモノかな？」

一美さんがウインクしてみせる。

俺は黙っていたが、内心は不安に包まれていた。


スキーから戻った俺たちは、ホテルの好意でお風呂に入らせて貰《もら》った。

やっぱりスキーの後は身体だけは洗っておきたい。

脱衣所で普段着に着替えた後、来た時も使った『荷物置き場兼仮眠室』でバスを待つ。

午後九時半に、やっと帰りのバスがやって来た。

中崎《なかざき》さんが全員に呼びかけた。

「それじゃあバスが来たんで、みんな荷物を持って乗り込んで下さい。忘れ物の無いように。ゴミは忘れずに持ち帰ってくれよ！」

スキーで疲れていたためか、全員がマッタリとした雰囲気で動き始める。

ホテルを出てバスの前に集合した時だ。

唐突に一美さんがやって来て、明華ちゃんの肩に手をかける。

「明華ちゃん、市女《いちじょ》に通っているんだって？」

「え、ええ」

突然の呼びかけに、明華ちゃんは驚いたようだ。

「アタシも市女に通っていたんだ。バレー部の顧問の松山《まつやま》って知ってる？　歴史を教えているんだけど」

「はい、私も松山先生に日本史を教わってます」

「そうなんだ？　懐かしいなぁ、アタシ、高二の時の担任が松山だったんだよね。アイツ、オッサンだけど実は少女マンガが好きって知ってた？」

「いいえ、そうなんですか？」

「なんか嬉《うれ》しいなぁ。こうして市女の話が出来るのって。久しぶりだよ」

一美さんはいかにも嬉しそうに、満面の笑みを明華ちゃんに向けた。

「そうだ！　帰りのバスさ、アタシの隣に来なよ」

「えっ」

「今の市女の様子とか先生の事とか聞きたいしさ。代わりにアタシも色んな裏話を教えてあげるよ」

一美さんは絡みつくように腕を明華ちゃんの肩に回した。

次に俺の方を見る。

「そんな訳だから、悪いけど一色君はアタシと席を替わって！　アタシは明華ちゃんの隣に行くから」

明華ちゃんは目を白黒させながら一美さんを見る。

だが一美さんは『決定事項』として、何も言わせない。

「んじゃ、アタシたちは先にバス乗るね。あ、石田君が前の席か。じゃあコレ持って！」

そう言ってビールが入ったコンビニ袋を石田に手渡すと、そのまま二人を連れ去るようにバスに乗り込んだ。

……シメにチャンスを作るって、こういうことね……

俺は呆気《あっけ》に取られながらも、口元が緩んでいた。

気が付くと隣に燈子先輩が立っている。俺と目が合うと困ったような笑顔だ。

でも燈子先輩も、今のが一美さんの気遣いだと知っているのだろう。

「それじゃあ私たちも乗ろうか？」

「ハイ！」

思いのほか元気良く返事をしてしまった。ちょっと恥ずかしい。

俺と燈子先輩は、前から三列目の右側の席に並んで座った。

燈子先輩が窓側で、俺が通路側だ。

全員が乗り終わり、夜の雪道をバスがゆっくりと発車する。

……これでスキー合宿も終わりか……

なんだか寂しい気がする。『祭りの後の寂しさ』ってやつだろうか。

「これでスキー合宿も終わりだね」

燈子先輩が窓の外を見ながら、呟《つぶや》くようにそう言った。

「そうですね。二泊三日なんてあっと言う間ですよね」

「これで帰るってなると、ちょっと寂しいよね」

「俺もそう思っていました」

周囲には聞こえないように小さな声で会話を交わす。

「私、本当はこのスキー合宿に参加するかどうか迷っていたんだ。噂の元だし、やっぱり色々と気まずいしね」

そう、最初は燈子先輩は『合宿不参加』と言っていたのだ。

本人は覚えていないみたいだが、燈子先輩が酔っ払っていた時もそれを口にしていた。

「でも一色君が行くって言っていたしね、だから私も参加する事にしたんだ」

俺が参加したから……その言葉だけでも嬉しい。だけど気になる事が一つ……

「参加して良かったですか？」

「うん。良かった。最後の日だけだけど、君とこうしていっぱい話す事も出来たからね」

そうして燈子先輩は俺を見た。少し恥ずかしそうな顔をする。

「私、君と一緒にいると楽しい時を『楽しい』って素直に思えるよ。感謝してる」

「いいえ、俺の方こそ」

俺は言葉を一度切った。さらに小さな声で付け加える。

「燈子先輩が一緒にいてくれるだけで、幸せな気持ちになれるんです」

だけどその声に、バスの車輪が派手に雪を撥《は》ね上げる音が重なった。

「いま、何て言ったの？」

燈子先輩が聞き返す。

だけど今の言葉、思い出すと恥ずかしくて二度は言えない。

「いえ、何でもないです」

「気になる〜」

燈子先輩はそう言って小さく笑った。

その言い方が可愛くて、俺も思わず笑顔になる。

行きと違って帰りのバスの中は静かだった。やっぱりみんな疲れているのだろう。

車内灯も寝やすいように薄暗くしてある。

小声で話していた俺たちは、自然と頭を寄せ合うような形になっていた。

……『やり直しのクリスマス』の事、言い出すなら今だよな……

これで休みに突入してしまうと、また連絡するチャンスを逃すような気がする。

「燈子先輩はこの先の休みの予定って、何かあるんですか？」

「あ、ひど〜い。一色君、忘れているの？　『やり直しのクリスマス』のこと」

「とんでもない！　覚えているに決まっています。その話をしたくて、燈子先輩の予定を聞こうと思ったんです」

「そうなんだ、なら良かった」

燈子先輩が笑顔に戻った。今日の燈子先輩は少女のように表情がクルクル変わる。

「私は家庭教師をやっているんだけど、予定はそれくらいかな。受け持っている子が受験生だから休んだりはできないけど」

「家庭教師は、何曜日ですか？」

「火・木の週二回。でもたまに土日に頼まれる事もあるけど、それは先に予定を決めておけば大丈夫かな」

「じゃあ次の水曜日でどうですか？　『丸の内イルミネーション』ならまだやっていると思うんで」

「オッケー！　お店とかはもう決まっているの？」

「すみません、まだ決めてないです。でも事前に必ず連絡しますから」

「どこでもいいよ。あんまり考えないで気軽に行こう」

急に振動が少なくなった。高速道路に入ったのだ。

窓の外からオレンジ色の照明の光が差し込んでくる。

「やっぱりもう帰るの、寂しいな」

「あと一週間くらいいたかったですよね」

「一週間だけ？」

燈子先輩は小さく聞いた。

「いや、出来ればもっとずっと……」

『燈子先輩が一緒なら』と心の中で付け加える。

「そうだね。また来たいね」

そう言った後で燈子先輩は「あふぅ」と小さなアクビをした。

「また一緒に来ましょう」

「スキーでなくてもいいかもね」

「そうですね、キャンプとかでも」

「温泉も楽しかったし」

「ええ、また露天風呂、入りたいです」

「今度は二人で……」

燈子先輩の語尾がフェードアウトする。

「二人で？」

そう聞き返すが返事は無かった。

見ると燈子先輩は目を閉じている。

ゆったりとした胸の上下動と共に、微《かす》かな寝息が聞こえて来る。

燈子先輩は頭を俺の肩に預けて、静かに眠っていた。

俺も急激に眠気が襲って来るのを感じる。
俺は力を抜いて目を閉じた。
燈子先輩と触れ合っている部分が温かくて気持ちいい。
すごく安心できる気がした。
バスの振動に合わせて、俺もいつしか燈子先輩に頭を寄せていた。
パタッ。
俺の右手の上に、燈子先輩の左手が落ちて来た。
俺はその手の感触を感じながら、吸い込まれるように眠りに落ちて行った。

閉じた瞼《まぶた》越しに薄《う》っすらと朝の光を感じた。
深い海の中を漂っていたら、強引に水面に引っ張り出された感じだ。
俺は顔をしかめながら、僅かに目を開いた。
既に周囲は雪景色ではなく、コンクリートで出来たビルの林だ。
東京に着いたらしい。場所は……池袋の近くだろうか？
右頬に柔らかい吐息が感じられた。
目だけを動かしてみると……間近に燈子先輩の白い顔がある！
俺と燈子先輩は頭をくっつけて身体《からだ》を寄せ合うようにして眠っていたのだ。

……この合宿中で燈子先輩の寝顔を見るのは二度目だな……

少しでもこの感じを味わっていたい……

そう思ったのだが、俺が目を覚ました事で頭の位置が変わったのか、燈子先輩は「んん」と言って頭を離してしまった。

ちょっと残念だ。

それから三十分後、バスは大学の正門近くに到着した。

「皆さん、到着しました。お疲れ様です」

そうアナウンスした中崎さんの声もけっこう眠そうだ。

燈子先輩も目を覚ます。

「おはよう、もう着いたの？」

「おはようございます。そうですね、ちょうど着いた所です」

「ん〜、意外に眠っちゃってたんだね。私は枕が変わると眠れないタイプなんだけど」

「疲れていたんですよ、きっと」

そう言って俺は、上の棚から燈子先輩と自分の荷物を下ろした。

全員がバスから降りると、再び中崎さんのアナウンスがある。

「それじゃあ皆さん、今回は参加ありがとうございました。でも家に帰るまでが合宿ですから、気を付けて帰って下さい」

その言葉で一同解散する。

「んじゃあ、俺たちも帰ろうか」

石田がそう声をかけてくる。

俺たちは全員路線が同じだ。俺と石田、明華ちゃんはＪＲ幕張《まくはり》駅、燈子先輩と一美さんは隣のＪＲ新検見川《しんけみがわ》駅が最寄り駅だ。

よって自然と全員が一緒に帰る流れになるかと思っていた。

しかしそこで明華ちゃんがスッと燈子先輩に近づいた。

燈子先輩の正面に立つ。

……なんだろう……そう思って思わず二人を凝視する。

「燈子さん、今回は色々とご迷惑をおかけしました」

そう言ってピョコンと頭を下げる。

……なんだ、明華ちゃんは燈子先輩に謝りたかったのか……

そう思ってホッとしたのも束《つか》の間《ま》だった。

「でも決着はまだ付いていませんから。これからもご迷惑をかける事になると思いますが、よろしくお願いします！」

……え、なに言ってんの……？

一瞬、俺の聞き間違えかと思った。

だが一緒にいた石田も、一美さんも目を丸くしている。

燈子先輩だけが落ち着いた感じで笑みを浮かべていた。

「そう……」

その一言が、さらに明華ちゃんに燃料を投下したらしい。

燃えるような目で燈子先輩を睨《にら》むとこう言い放った。

「私、負けませんから！　燈子さんにだって、誰にだって！」

そう言うとクルリと身体の向きを変え、一人で駅に向かって歩いて行く。

「おい、明華！」

呼び止める石田の声も完全に無視だ。

同様に俺も呆気《あっけ》に取られて、彼女の後姿を見つめていた。

そんな俺の肩を誰かがポンと叩《たた》く。

振り返ると一美さんだった。

「嵐の予感だねぇ、一色君」

彼女は半分呆《あき》れ、そして半分は面白そうな表情でそう言った。

出発時とまったく同じセリフを……

俺は思わずタメ息をつく。

……ホント、嵐の予感だよ。この先、俺たちはどうなるんだろう……

そう思いながら、俺は燈子先輩に視線を向けた。

十一　やり直しのクリスマス

東京駅丸の内南口。

改札を出た所に俺はいた。

東京駅丸の内側は通称『赤レンガ駅舎』と呼ばれ、旧東京駅調に復元されている。

そしてこの丸の内南口はその雰囲気がよく出ている。

天井が昔の鹿鳴館《ろくめいかん》とかを連想するようなドームになっているのだ。

俺はそのドームを飾っている様々な彫刻を眺めていた。

「お待たせ！」

明るい声でそう呼びかけられる。

燈子《とうこ》先輩だ。

「なにを見ていたの？」

「上のドームです。けっこう凝っているなぁと思って」

俺は天井部分を指さした。

「そうだね、ここのレリーフは有名だよね」

「鳥と、丸いのはなんですかね」

「丸いのは干支《えと》のレリーフなんだって。あとあの鳥は鷲《わし》かな?」

はぁ、俺はニワトリかと思った。

「アッチは剣のレリーフだよね」

燈子先輩が半円部分を指さす。

あれ、剣だったのか。ただの模様にしか見えないが。

納得した俺は目線を燈子先輩に向けた。

今日の燈子先輩はインナーには白い厚手のハイネックのセーター、下は細かいプリーツの入った茶色いミニスカート、そしてサーモンピンクの厚手のハーフコートを着ている。

いつもシックな感じの服装が多い彼女だが、今日は女の子らしい装いだ。

普段と感じが違うと、ちょっと恥ずかしい気がする。

「それじゃあ、行きましょうか?」

俺は恥ずかしさを誤魔化《ごまか》すように、そう言った。


まずはディナーだ。このためにお店を予約してある。

アレコレ迷った末、結局はビストロにした。カレンが言う通り『恋愛初心者』の俺は、あまりカッコつけないで無難な所を選んだ方がいいと考えたのだ。

ウェイターがドリンクのオーダーを取りに来た。

俺はノンアルコールしか選択肢がないが、燈子先輩も「同じものを」とオーダーした。

「俺に遠慮しないで、好きな物を頼んで下さい」

だが燈子先輩は首を左右に振る。

「せっかくのデートだもん。二人で同じ物を頼んだ方がいいよ。お酒は一色《いっしき》君が二十歳《はたち》になってからのお楽しみだね」

「あ〜、だとするとまだ半年以上先ですね」

「誕生日はいつなの？」

「十月四日です」

実は俺の誕生日はカレンと近かったのだ。俺自身は誕生日にこだわりがないし、直後にあの事件があったからすっかり忘れていたが。

「じゃあ記念すべき二十歳の誕生日は、一緒に飲みに行こうか？」

「ぜひぜひ、燈子先輩と一緒に過ごせるなんて最高の誕生日です！」

「そう？　だったら誕生日プレゼントは要らないの？」

そう言ってイタズラっぽく笑う。でも俺にとってはそんな事はどうでもいい。

「要らないです。その代わりに俺の誕生日に一緒に飲みに行くって、確約でお願いします！」

「わかったわ。まだけっこう先だけどね」

燈子先輩はそう言って笑った。

「燈子先輩の誕生日はいつなんですか？」

「私は八月三日。ちょうど夏休みの真っ最中なんだ。だから子供の頃とか友達に祝ってもらった経験がないの」

「それなら次の誕生日は俺がお祝いしますよ！」

「本当？　でも覚えていてくれるかな？　大学の試験のすぐ後だから気が抜けて忘れているんじゃない？」

「そんなことありません！　今からスケジュール登録しておきます！」

「うん、楽しみにしているね」

そう言って再び優しい笑顔を俺に向けてくれる。

料理が運ばれてきた。

鱒《ます》のテリーヌ、紫キャベツとニンジンのマリネ、鴨肉《かもにく》の燻製《くんせい》と生ハムとチーズの盛合せ、ホウレンソウのポタージュ、ペンネ・アラビアータ、牛ハラミのステーキ、などなど。

「デザートの前に一つ目のイベントをしませんか？」

俺が食事の合間を見てそう言うと、燈子先輩も「そうだね」と言ってハンドバッグを開く。

同じく俺も持っていた紙袋からラッピングされた箱を取り出す。

「せーので一緒に出そうか。せ〜の！」

燈子先輩の掛け声で、俺たちは手にしたものを差し出した。

プレゼント交換だ。

「君は何をくれたのかな？」

「あんまり期待しないで下さい。大したものじゃないですから」

実際、そんな凄《すご》い物ではない。その理由の一つは事前に燈子先輩が、

「あまり高価な物は無しにしよう。上限五千円までにしない？」と提案してくれたからだ。

燈子先輩は俺の懐具合を察して、そう言ってくれたのだ。

プレゼントの包装を開く。中身は高級ボールペンだった。

感想を先に口にしたのは燈子先輩だった。

「わぁ、フォトフレームだ。周囲に貝殻が付いているんだね。可愛《かわい》い！」

「邪魔にならなくて、記念になるような物がいいかなと思って」

「ありがとう。君と一緒に行った房総一日デートの時の写真を飾るために欲しかったんだ。

帰ったらさっそく飾るね」

「俺の方こそ立派なボールペンを貰《もら》って嬉《うれ》しいです。ありがとうございます」

「成人になって色々と書類を書く事も多くなるからね。ボールペンがいいかと思って」

そう言った所でデザートが運ばれてきた。

デザートを食べながらスキー合宿の事や大学の事を互いに話し合う。

……燈子先輩って、けっこうよく笑うんだな……

遠目に見ている時は、正直な所『クール系美人』っていう印象を持っていた。

だけどこうして二人で話していると、自然と屈託なく笑ってくれる。

そんな彼女の笑顔を、俺はずっと見ていたいと思っていた。

小一時間ほどおしゃべりをして、俺たちは店を出た。

今夜のメイン・イベント、イルミネーションを見るためだ。

東京駅から日比谷方面に向かって、ＬＥＤに彩られた街路樹の通りを歩く。

「うわぁ、キレイだね。『シャンパン・ゴールド』って紹介されていたけど、本当にシャンパンみたい」

「そうですね、樹々《きぎ》にシャンパンの泡が付いているみたいです」

同じようにイルミネーションを見ている人はけっこういる。

中には俺たちと同じくデートと思われるカップルもいた。

ただ本物のカップルは手を繋《つな》いでいるか、腕を組んでいるのが羨ましい。

……手ぐらい、繋いでもいいのかな……

俺はさっきからそんな事を考えていた。

「あ、そうだ」

燈子先輩の声で、思考が中断される。

燈子先輩が再びハンドバッグを探り始めた。

「はい、これ」

差し出されたのは、やはりラッピングされた箱だ。

書籍ぐらいの大きさでリボンが掛けられている。

怪訝《けげん》な顔をする俺に、燈子先輩は照れ隠しのような笑いを浮かべて言った。

「遅れちゃったけど、バレンタイン」

「あ、ありがとうございます」

俺は受け取ったその箱をしばらく見つめていた。

「燈子先輩から貰《もら》えるなんて、思ってなかったです」

内心では「バレンタインにもしかしたらくれるかな」と期待していた面もあるが、二月十四日は何もなく過ぎていったので俺は諦めていた。

「本当は当日に渡せた方がいいんだろうけどね。でもそのためにわざわざ呼び出すのも迷惑かな、って思って」

「そんな事ないですけど。でも貰えてうれしいです」

「私、バレンタイン・チョコを男子にあげるのって、初めてなんだ」

燈子先輩ははにかんだ表情を見せた。

「中学や高校ではバレンタインではしゃいでる娘《こ》もいたけどね。私はその輪の中には入れなかったなぁ」

「燈子先輩はそういうのに浮かれる感じじゃないですもんね」

「でもね、冬って恋人同士のイベントが多いじゃない。みんながデートしてるのに、自分だけ家にいるとちょっと寂しいかなって思っちゃうよ」

……そうだよな。俺たちは勝手に『憧れの先輩』にしていたけど、燈子先輩だって普通の女の子だもんな……

「それでね、初めての手作りチョコだから、形は不格好なの。その点は許してね」

「そんな、燈子先輩から貰ったチョコですよ。大切に保管しますよ」

「保管なんてしないで、すぐに食べてよ」

彼女は苦笑する。

「燈子先輩は、鴨倉《かもくら》先輩にはお菓子を作ってあげたりしなかったんですか？」

俺はつい、余計な事を聞いてしまった。

燈子先輩の表情が曇る。

俺も口に出してから「しまった」と思う。俺は心のどこかで鴨倉を意識しているのか。

「すみません。余計な事でした」

「うん、でもいいよ。気にならないって言ったらウソになるもんね。哲也《てつや》には作っていった事はないかな。あの計画のためのお弁当以外はね。バレンタインみたいなイベントもなかったし」

そう言った後で、彼女は空を見上げる。

「でも不思議だなぁ。私、哲也のためにはあんまりお料理を頑張る気にはなれなかったの。何度か『アパートに作りに来い』って言われていたんだけど」

そこで少し声のトーンが小さくなった。

「でも君には『何か作ってあげたい。食べて欲しい』って思うんだよね……」

俺も思わず俯《うつむ》いてしまった。嬉しさと恥ずかしさがゴチャ混ぜになって込み上げて来る。

「あと哲也のアパートに行くのは怖かったっていうのもあるけど」

それを聞いて、俺も照れ隠しに言う。

「俺は安全・安心の無害男だからですか？」

「誰がそう言ったの？」

「石田《いしだ》がそう言って揶揄《からか》うんです」

「安全・安心な男子って悪い事じゃないでしょ。ううん、褒め言葉だと思う。女の子を不安にさせる男の方がダメなんじゃないかな？」

俺の中で恥ずかしさが嬉しさに変わって行く。

燈子先輩の言葉は、なぜこんなに俺の心に響くんだろう。

「一色君のそういう所、好きだよ」

……俺も、燈子先輩のそういう所も大好きです。

「でも、たまにはちょっぴり強引でもオッケーだからね」

燈子先輩はそう言って笑った。

どこからか音楽が流れて来た。

この曲は露天風呂に入っていた時に流れて来た曲だ。

「ムーン・リバーだね」

あの時と同じく、燈子先輩は曲名を口にした。

「燈子先輩がエア・フォークダンスをやろうって言った時の曲ですね」

しばらくの沈黙があって、燈子先輩が口を開いた。

「手、繫ごうか？」

……え……？

思わず燈子先輩を見る。

燈子先輩も俺を見ていた。ちょっと慌てたように次の言葉を口にする。

「ホラ、露天風呂では心理テストだったでしょ。だからあの時にやってなかったダンスの代わりって事で。さすがに踊ったりは出来ないけど……」

「そうですね」

この言葉は女性に言わせせちゃダメだろ、俺。

自分のヘタレ具合に自分で呆《あき》れながらも、俺は燈子先輩の手を握った。

細くて、柔らかくて、しっとりと温かい手だ。

気恥ずかしさもあるのか、俺と燈子先輩はしばらく黙ったままイルミネーションの中を歩いた。

「燈子先輩が合宿に参加してくれて、みんな喜んでいました」

日比谷に近くなった頃、俺は沈黙を破った。

「みんなって？」

「本当にみんなです。ＯＢの人や院生なんて、燈子先輩が参加するから合宿に来たようなもんです」

「誰から聞いたの？」

「中崎《なかざき》さんです。最初は参加者が少なくて困っていました。それで俺も燈子先輩が参加するように言ってくれ、って頼まれました。『何だかんだ言っても燈子先輩はサークルの女神様だから』って」

すぐに返事はなかった。

「それで私を誘ったの？」

少し残念そうなトーンだ。

俺は慌てて弁解した。

「いえ、そういう訳じゃありません。俺自身が燈子先輩と一緒に行きたかったんです」

燈子先輩はしばらく下を向いていた。

「前にも言ったけど、女神とかそういうの、やめて欲しいな。私は大勢の人から持《も》て囃《はや》されるより、一人の人に大切にされたいの」

燈子先輩が足を止める。つられて俺も立ち止まった。

燈子先輩が俺を見た。

「自分が大切にしたいと思える人に、心から必要とされる人間になりたい」

俺と燈子先輩の視線が絡み合う。

その視線は、互いに微妙な熱を帯びているような感じがした。

「だから……私は……」

ブーッ、ブーッ、ブーッ！

心臓が止まるかと思うぐらい、スマホのバイブレーションが響いた。

動揺し過ぎて、思わず手に取ってしまう。

そのため意識せずに電話を受けてしまった。

「優《ゆう》、おまえ、知っているか？」

相手は石田だった。

「え、なんだよ、いきなり」

せっかくの燈子先輩とのデートに水を差され、俺は不機嫌な声になっていた。

すぐに切ろうと思ったが、その前に石田の勢い込んだ声が飛び込んで来た。

「大学の新しいイベント『ミス・ミューズ』の話は知っているよな？」

「ああ」

それについては、この前の合宿で聞いたばかりだ。

「その『ミス・ミューズ』に燈子先輩が出るって言うんだ！」

「ええっ？」

俺は思わず燈子先輩を見た。

燈子先輩も会話の内容が聞こえたらしく、目を丸くする。

「大学のサークル協議会のＳＮＳを見てみろ」

そう言って石田からの電話は切れた。

代わりにメッセージでＵＲＬが送られて来る。

俺はそのＵＲＬをクリックした。

サークル協議会による『ミス・ミューズ』関連の記事の最新投稿だ。

『ミス・ミューズ』に理工学部二年の桜島《さくらじま》燈子さんがエントリー！


今回初の試みとなる『ミス・ミューズ』。

女性の様々な魅力を取り上げようというこの企画は、かつての『ミスコン』とは一線を画するものだ。

この趣旨に賛同して貰《もら》えたのか、今年は話題の人物が『ミス・ミューズ』に参加する事になった。

桜島燈子さんだ！

彼女はその知的な美貌と抜群のプロポーションだけではなく、お淑《しと》やかな振る舞い、清《せい》楚《そ》な雰囲気から『真のミス城都大《じょうとだい》』との評判が高かった。

しかし残念ながら桜島燈子さんが今まで文化祭のミスコンには参加しなかった事は、みんなが知るところだ。

そんな彼女がこの『ミス・ミューズ』には参加するという。

女性の多様な魅力を追求する我々委員会としては大変喜ばしい話だ。

彼女の参加で、『ミス・ミューズ』がより一層盛り上がる事は間違いないだろう。

「燈子先輩、『ミス・ミューズ』に出るんですか？」

俺は驚いてそう聞いた。今までそんな話は一度も聞いていない。

燈子先輩自身も大学のＳＮＳからその記事を発見したらしい。

「そんな……ウソでしょ。私、そんな事は一言も言ってない。初耳だわ」

「じゃあいったいどうして、こんな記事が出てるんですか？」

俺も驚きだった。本人すら知らない内にエントリー？　そんな事があるのか？

「わからない。でもどうして……」

燈子先輩も「訳が分からない」といった表情で、呆然《ぼうぜん》とそう口にした。

あとがき

お久しぶりです（になるのでしょうか）、震電《しんでん》みひろです。

『彼女が先輩にNTR《ねとら》れたので、先輩の彼女をNTR《ねと》ります』の第二巻を手に取って頂き、真《まこと》にありがとうございました。（タイトルが恥ずかしい、という方には申し訳ありません）

数多いライトノベルの中から当作を選んで頂いて、心から感謝いたします。

私は長年、自分の本が書店に並ぶことが夢でした。

『カノネト』の一巻でその願いを果たす事が出来たのですが、一冊出すと「もう一冊出したい。優《ゆう》と燈子《とうこ》のラストまで書きたい！」という欲求が強く込み上げてきました。

ですが「小説の続巻」に一番必要なものは、作者の意欲でも、小説のプロットでも、それどころか作者本人でもありません。

そう、一番大切なのは『ご購入いただいた読者の皆様』なんです！

この二巻が存在するのは、読者の皆様のお陰なんです。

ですからまずは読者の皆様に、改めて心からの感謝を申し上げたいと思います。

優と燈子、それ以外の登場人物も、皆様に厚く御礼を言っているに違いありません！

少しお待たせしてしまいましたが、それでも購入頂いた方、ありがとうございます。

またSNSで応援ツイートや感想メッセージ、そしてファンレターを送って頂いた方々。

皆様全員に返信する事は出来ていませんが、本当に嬉《うれ》しかったです。

「小説を書いていて良かった」と実感すると同時に、新たに創作意欲が湧き起こりました。


話は変わりますが、二巻の内容は楽しんで頂けたでしょうか？

一巻のあとがきにも書いたように、今回は「糖分多めのラブコメ展開」を目指しました。

（一巻はリベンジの方がメインだったので）

ですが……作者の私が言うのも変ですが、ヒロインの燈子は中々デレてくれないです。

優は優で肝心な時によそ見しているクセに、タイミングが違う時にアクセルを踏みがちで困ったものです。

キャラクターと言えど、中々思う通りに動いてくれないものだな、と苦労してます（汗）。

そんな二人なんですが、少しずつでも距離を縮めていきます。

そこで新たに登場したのが、石田《いしだ》の妹・明華《めいか》です。

カクヨム版を読まれた方は「アレ、ずいぶんと明華のキャラが違うな。話も全然違っているし」と思われたかもしれません。

ですが明華は元々かなり気が強い性格で、優の前でだけ猫を被《かぶ》っているのです。

よってキャラ設定自身はあまり変わっていません。（という事にしておいて下さい）
明華はまだまだこの後も活躍してくれる予定です。
燈子にも負けないＪＫパワーで引っかき回してくれる事でしょう。
それと読者の皆様に少し意外だったのはカレンではないでしょうか？
「一巻の敵役がなぜ再登場？」と思われた方も多いと思います。
ですが現実ならば『元カノ』という立場は、けっこう強力なパワーがあるはずです。
という訳で、カレンにはもうひと働きして貰《もら》いたいと考えました。

最後に二巻でもお世話になった方々に謝辞を述べさせて下さい。

今回も親身になってご指導頂き、しかも案出しからお付き合い頂いた担当編集の中田《なかだ》様。

燈子に続き、二巻のヒロイン明華にも魅力的な可愛《かわい》さを与えて頂いた加川壱互《かがわいちご》先生。

またもや大量のミスと不整合を、一つ一つ直して頂いた校正の方。

登場人物たちに命を吹き込み、生き生きと動かしてくれるコミカライズの宝乃《たからの》あいらんど先生。（コミカライズを読んで生まれたアイデアも、けっこうあるんです）

「本を出版するって、本当にチームワークの仕事だな」と実感します。

本当に多くの人々に支えられて、この本もこうして書店に並ぶ事が出来ています。

その筆頭である読者の皆様に、今後も作品を通してお付き合い頂ければ幸いです。

是非是非、この二巻が売れて、第三巻で再びお会いできる事を切に願っております。

追伸
現在『月刊コミック電撃大王』にて本作のコミック版が連載中です。

宝乃あいらんど先生は、本当に良く『カノネト』のキャラを理解して自分の物にして頂いていると感じています。原作を活《い》かしつつも、独自のストーリー展開が面白いです。

私も一ファンとして毎月楽しみにしています。

コミック版の『彼女が先輩にＮＴＲれたので、先輩の彼女をＮＴＲます』もぜひ応援よろしくお願い致します。

彼女《かのじょ》が先輩《せんぱい》にNTR《ねとら》れたので、先輩《せんぱい》の彼女《かのじょ》をNTR《ねとり》ます2

著	震電《しんでん》みひろ
	角川スニーカー文庫　23196
	2022年6月1日　初版発行
発行者	青柳昌行
発　行	株式会社KADOKAWA 〒102-8177 東京都千代田区富士見2-13-3 電話　0570-002-301（ナビダイヤル）
印刷所	株式会社暁印刷
製本所	本間製本株式会社

◇◇◇

●お問い合わせ
https://www.kadokawa.co.jp/（「お問い合わせ」へお進みください）
※内容によっては、お答えできない場合があります。
※サポートは日本国内のみとさせていただきます。
※Japanese text only

Printed in Japan　ISBN 978-4-04-112038-5　C0193

★ご意見、ご感想をお送りください★
〒102-8177 東京都千代田区富士見 2-13-3
株式会社KADOKAWA　角川スニーカー文庫編集部気付
「震電みひろ」先生「加川壱互」先生

角川文庫発刊に際して

角　川　源　義

第二次世界大戦の敗北は、軍事力の敗北であった以上に、私たちの若い文化力の敗退であった。私たちの文化が戦争に対して如何に無力であり、単なるあだ花に過ぎなかったかを、私たちは身を以て体験し痛感した。西洋近代文化の摂取にとって、明治以後八十年の歳月は決して短かすぎたとは言えない。にもかかわらず、近代文化の伝統を確立し、自由な批判と柔軟な良識に富む文化層として自らを形成することに私たちは失敗して来た。そしてこれは、各層への文化の普及滲透を任務とする出版人の責任でもあった。

一九四五年以来、私たちは再び振出しに戻り、第一歩から踏み出すことを余儀なくされた。これは大きな不幸ではあるが、反面、これまでの混沌・未熟・歪曲の中にあった我が国の文化に秩序と確たる基礎を齎らすためには絶好の機会でもある。角川書店は、このような祖国の文化的危機にあたり、微力をも顧みず再建の礎石たるべき抱負と決意とをもって出発したが、ここに創立以来の念願を果すべく角川文庫を発刊する。これまで刊行されたあらゆる全集叢書文庫類の長所と短所とを検討し、古今東西の不朽の典籍を、良心的編集のもとに、廉価に、そして書架にふさわしい美本として、多くのひとびとに提供しようとする。しかし私たちは徒らに百科全書的な知識のジレッタントを作ることを目的とせず、あくまで祖国の文化に秩序と再建への道を示し、この文庫を角川書店の栄ある事業として、今後永久に継続発展せしめ、学芸と教養との殿堂として大成せんことを期したい。多くの読書子の愛情ある忠言と支持とによって、この希望と抱負とを完遂せしめられんことを願う。

一九四九年五月三日

時々ボソ
ロシア語でデレる
隣のアーリャさん
Милашка❤
story by sun sun san
illustration by momoco
燦々SUN
イラストももこ
ただし、彼女は俺が
ロシア語わかる
ことを知らない。
特設
サイトは
▼こちら!▼
スニーカー文庫

第28回
スニーカー大賞
作品募集中!
世界を変えよう。
君の紡ぐ物語で
大賞300万円
+コミカライズ確約
金賞100万円
銀賞50万円
特別賞10万円
締切必達!
前期締切
2022年3月末日
後期締切
2022年9月末日
詳細は・
ザスニWEBへ
https://kdq.jp/s-award
イラスト／左